H.P. Lovecraft

Sussurros na escuridão e outros contos

São Paulo, 2020

The Whisperer in Darkness

Copyright © 2020 by Novo Século Editora Ltda.

EDITOR: Luiz Vasconcelos
COORDENAÇÃO EDITORIAL & EDIÇÃO DE ARTE: Nair Ferraz
TRADUÇÃO: Bárbara Lima · Fátima Pinho · Marcely de Marco
REVISÃO: Flávia Portellada
ILUSTRAÇÕES: Kash Fire

Texto de acordo com as normas do Novo Acordo Ortográfico da Língua Portuguesa (1990), em vigor desde 1º de janeiro de 2009.

Dados Internacionais de Catalogação na Publicação (CIP)

Lovecraft, H.P (Howard Phillips), 1890-1937
Sussurros na escuridão e outros contos / Howard Phillips Lovecraft; tradução de Bárbara Lima, Fátima Pinho e Marcely de Marco; ilustrado por Kash Fire.
Barueri, SP: Novo Século Editora, 2020.

Título original: *The Whisperer in Darkness*

1. Contos de horror 2. Contos norte-americanos I. Título II. Lima, Bárbara III. Pinho, Fátima IV. Marco, Marcely de V. Fire, Kash

20-3575 CDD 813

Índices para catálogo sistemático:
1. Contos de terror norte-americanos 813.6

1ª reimpressão: julho/2021

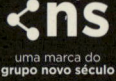

Alameda Araguaia, 2190 - Bloco A - 11º andar - Conjunto 1111
CEP 06455-000 - Alphaville Industrial, Barueri - SP - Brasil
Tel.: (11) 3699-7107 | E-mail: atendimento@gruponovoseculo.com.br
www.gruponovoseculo.com.br

SUMÁRIO

Sussurros na escuridão
7

Ele
121

Celephaïs
141

Dagon
153

Sussurros na escuridão

I

Tenha em mente que eu não presenciei nenhum horror visual concreto no final das contas. Dizer que um abalo mental foi a causa do que imaginei – a gota-d'água que me fez sair correndo da solitária fazenda de Akeley e atravessar as montanhas ermas e abobadadas de Vermont no meio da noite, em um carro de que lancei mão – é ignorar os fatos mais básicos de minha experiência final. Não obstante a profundidade das coisas que vi e ouvi, e a nitidez da impressão que tais coisas causaram em mim, não posso provar, nem mesmo agora, se estava certo ou errado em minha terrível suposição. Pois, no final das contas, o desaparecimento de Akeley não prova nada. Nada de estranho foi encontrado em sua propriedade, a não ser as marcas de balas, tanto dentro como fora da casa. Era como se ele tivesse saído casualmente para um passeio nas colinas e nunca mais voltasse. Nem sequer havia indícios de que um visitante tivesse estado ali, ou de que aqueles horríveis cilindros e máquinas tivessem sido armazenados no cômodo. Também não significava nada que ele temesse mortalmente as montanhas verdejantes e compactas, e o gorgolejar interminável dos córregos em meio aos quais havia nascido e crescido, já que milhares de pessoas estão sujeitas a esse mesmo tipo de medo mórbido. A excentricidade, além do mais, poderia facilmente ser responsabilizada pelas estranhas maneiras e apreensões que ele vinha demonstrando ultimamente.

Para mim, o problema todo começou com as enchentes históricas e sem precedentes que assolaram Vermont em 3 de novembro de 1927. Naquela época, como ainda hoje, eu era professor de literatura na Universidade de Miskatonic, em Arkham, Massachusetts, e um estudante e entusiasta do folclore da Nova Inglaterra. Logo depois das enchentes, em meio às várias notícias sobre as adversidades, os sofrimentos e a assistência humanitária organizada que tomaram a imprensa, surgiram algumas estranhas histórias sobre a descoberta de criaturas flutuando em alguns dos rios mais avolumados. Por essa razão, muitos de meus amigos embarcaram em discussões curiosas e recorreram a mim na esperança de que eu pudesse lançar alguma luz sobre o assunto. Senti-me lisonjeado por ver meus estudos sobre folclore levados tão a sério, e fiz o que pude para depreciar as lendas extravagantes e vagas que pareciam ser, tão claramente, uma consequência de antigas superstições de camponeses. Eu me divertia ao encontrar várias pessoas de boa educação insistindo na afirmação de que algum fato obscuro e distorcido poderia estar por trás dos rumores.

As histórias, assim trazidas ao meu conhecimento, na maior parte, chegaram através de recortes de jornais, embora uma delas viesse de uma fonte oral e tivesse sido repetida para um amigo meu em uma carta enviada pela mãe, que morava em Hardwick, Vermont. O tipo de coisa descrita era essencialmente o mesmo em todos os casos, embora parecesse haver três diferentes ocorrências envolvidas – uma ligada ao Rio Winooski, perto de Montpellier, outra associada ao Rio Oeste, no condado de Windham, depois de Newfane, e uma terceira, relacionada ao Passumpsic, no condado de Caledônia, ao norte de Lyndonville. É claro que muitos dos relatos recortados mencionavam outros casos, mas depois de analisados, todos eles pareciam reduzir-se a esses três. Em todos os casos, os moradores do campo relatavam ter visto um ou mais objetos bizarros e perturbadores nas águas caudalosas que jorravam das colinas pouco frequentadas, e havia uma tendência generalizada a relacionar essas visões a um círculo de lendas primitivas e já meio esquecidas, que os mais velhos ressuscitaram para a ocasião.

O que as pessoas pensavam ter visto eram formas orgânicas que em nada se pareciam com qualquer coisa que já tivessem visto antes. Naturalmente, havia muitos corpos humanos sendo arrastados pela correnteza naquele trágico período. Mas as pessoas que descreviam essas formas estranhas tinham absoluta certeza de que elas não eram humanas, apesar de algumas semelhanças superficiais no tamanho e no contorno geral. Tampouco, diziam as testemunhas, poderiam ser os corpos de qualquer tipo de animal conhecido em Vermont. Eram formas rosadas, medindo cerca de um metro e meio; com corpo de crustáceos e dotadas de pares de barbatanas dorsais enormes, ou asas membranosas, e de vários pares de membros articulados. Apresentavam um tipo de elipsoide intrincado, coberto com uma infinidade de pequeninas antenas, onde seria o lugar da cabeça. Era realmente notável como os relatos de diferentes fontes tendiam a coincidir. No entanto, o assombro era minimizado pelo fato de que as antigas lendas, que foram disseminadas em uma época remota por toda a região das colinas, deram origem a um quadro morbidamente detalhado que poderia muito bem ter colorido a imaginação de todas as testemunhas envolvidas. Cheguei à conclusão de que essas testemunhas – em todos os casos, pessoas ingênuas e humildes do interior – avistaram os corpos inchados e dilacerados de pessoas ou animais das fazendas no turbilhão das correntes e permitiram que o folclore que ainda guardavam na memória revestisse esses pobres objetos com atributos fantásticos.

O antigo folclore, embora nebuloso, evasivo e em grande parte esquecido pela presente geração, era de um caráter bastante singular e obviamente refletia a influência de lendas indígenas ainda mais antigas. Eu as conhecia bem, embora nunca tivesse ido a Vermont, através da monografia muito rara de Eli Davenport, que reunia material obtido de declarações orais anteriores a 1839 entre os habitantes mais antigos do estado. Esse material, além do mais, coincidia em grande parte com as lendas que eu já tinha ouvido pessoalmente dos camponeses mais idosos nas montanhas de New Hampshire. Em um breve resumo, aludiam a uma raça oculta de seres monstruosos que estariam à espreita em algum lugar entre as colinas mais distantes – na floresta cerrada dos cumes mais altos e nos vales escuros onde os riachos gotejavam de fontes desconhecidas. Esses seres raramente eram avistados, mas as evidências de sua presença foram relatadas por aqueles que se aventuraram a escalar certas montanhas além do nível habitual ou a adentrar certos desfiladeiros profundos e íngremes que até mesmo os lobos evitavam.

Havia pegadas ou marcas de garras estranhas na lama das margens dos riachos e nas trilhas áridas; e também curiosos círculos de pedras em torno dos quais a grama se desgastara e que não pareciam ter sido dispostos ali ou modelados pela natureza. Além disso, havia algumas cavernas nas encostas das colinas, de profundidade desconhecida e cujas entradas estavam cobertas por rochas de uma forma que dificilmente poderia ser acidental, com um grande número de pegadas estranhas, tanto na direção da entrada como dela saindo – se de fato a direção dessas pegadas pudesse ser estimada com exatidão. E o pior, havia ainda as coisas que os aventureiros avistavam ao cair da tarde, ainda que em raras ocasiões, nos vales mais remotos e nas densas matas perpendiculares, além do limite das escaladas normais.

Teria sido menos inquietante se os relatos dessas coisas não fossem tão parecidos. Da forma como aconteceu, quase todos os rumores apresentavam vários pontos em comum: asseguravam que as criaturas eram uma espécie de caranguejo enorme e vermelho-claro, com vários pares de patas e duas asas enormes no meio das costas, que se pareciam com asas de morcego. Às vezes andavam sobre todas as patas, outras vezes apenas sobre as patas traseiras, ocasião em que utilizavam as outras para carregar grandes objetos de natureza indeterminada. Em uma ocasião, foram avistados em número considerável – um destacamento deles caminhando lado a lado por um curso-d'água no bosque, em fileiras de três, em evidente formação disciplinada. Certa vez, um espécime foi visto voando – lançando-se do alto de uma montanha solitária e sem vegetação à noite, e desaparecendo no céu depois de a silhueta de suas asas enormes ter sido vista por alguns instantes sacudindo-se contra a lua cheia.

Essas criaturas, no geral, pareciam estar satisfeitas por viverem longe da raça humana, embora por vezes fossem responsabilizadas pelo desaparecimento de alguns indivíduos aventureiros – especialmente pessoas que construíam suas casas muito próximo a alguns vales ou demasiadamente alto nas montanhas. Muitas localidades passaram a ser consideradas como desaconselháveis para o assentamento, e essa sensação persistiu por muito tempo depois de a causa ter sido esquecida. As pessoas olhavam para o alto de alguns dos precipícios com um calafrio, mesmo quando não recordavam mais quantos colonos tinham desaparecido e quantas casas de fazenda tinham queimado até se transformarem em cinzas naquelas sentinelas verdes e nefastas.

De acordo com as lendas mais antigas, apesar de parecer que as criaturas causavam danos apenas àqueles que invadiam sua privacidade, havia relatos mais recentes acerca da curiosidade delas a respeito dos humanos e de suas tentativas de estabelecer postos avançados secretos no mundo dos homens. Havia lendas sobre as estranhas pegadas em forma de garras perto das janelas das casas, pelas manhãs, e de desaparecimentos ocasionais em regiões fora das áreas conhecidas como preocupantes. Além disso, também havia lendas que falavam de vozes parecidas com zumbidos, que imitavam a fala humana e que faziam ofertas surpreendentes a viajantes solitários nas estradas e trilhas das carroças nas profundezas da floresta, e sobre crianças assustadas até os fios dos cabelos por coisas que viam ou ouviam onde a floresta virgem se aproximava muito de seus quintais. Na última série de lendas – a série que precedeu o declínio da superstição e o abandono do contato íntimo com os locais temidos – há referências chocantes a eremitas e fazendeiros solitários que em algum momento da vida pareciam ter passado por uma mudança mental repulsiva. Essas pessoas eram evitadas e havia rumores de que seriam mortais que tinham vendido suas almas às criaturas estranhas. Em um dos condados do nordeste, aparentemente era moda, em meados de 1800, acusar os eremitas excêntricos e impopulares de serem aliados ou representantes das criaturas abomináveis.

Quanto à natureza real das criaturas – as explicações naturalmente variavam. O nome comum aplicado a elas era "aqueles" ou "os antigos", embora outros termos tivessem usos locais e transitórios. Talvez a maioria dos colonos puritanos as tenham classificado bruscamente como parentes do diabo e tenham feito delas um tema para especulações teológicas exaltadas. Aqueles que tinham as lendas célticas como patrimônio – principalmente os escoceses e irlandeses de New Hampshire e seus parentes, e que se fixaram em Vermont graças às doações coloniais do governador Wentworth – as associavam vagamente às fadas malignas e aos "pequeninos" dos pântanos e dos brejos, e se protegiam com trechos de encantamentos passados de geração em geração. Os indígenas, porém, tinham as teorias mais fantásticas de todas. Embora as lendas variassem de tribo para tribo, havia um consenso notável em torno de certas particularidades essenciais: todas concordavam que as criaturas não pertenciam a este mundo.

Os mitos dos Pennacook, que eram os mais consistentes e pitorescos, ensinavam que os Seres Alados vieram da Grande Ursa no céu e tinham minas em nossas colinas terrestres, de onde retiravam um tipo de pedra que não poderiam conseguir em qualquer outro mundo. Eles não viviam na Terra, diziam os mitos, mas apenas mantinham aqui postos avançados e voavam de volta carregando grandes cargas de pedras para suas estrelas ao norte do céu. Só faziam mal às pessoas que se aproximassem demais deles ou os espionassem. Os animais esquivavam-se deles por aversão instintiva, e não por serem caçados. Eles não podiam comer as coisas e animais da Terra, então traziam seu próprio alimento das estrelas. Era ruim chegar perto deles, e, às vezes, jovens caçadores que se embrenhavam em suas montanhas nunca mais voltavam. Não era bom, também, ouvir o que eles diziam à noite na floresta com vozes parecidas às das abelhas e que tentavam imitar as vozes dos humanos. Eles conheciam as línguas de todos os homens – Pennacooks, Hurons, homens das Cinco Nações – mas não pareciam ter ou precisar de qualquer linguagem própria. Falavam com as cabeças, que mudavam de cor para significar coisas diferentes.

Todas as lendas, obviamente, dos brancos e dos índios, pereceram durante o século XIX, com exceção de algumas ondas atávicas ocasionais. Os caminhos dos habitantes de Vermont foram delimitados e, uma vez que seus caminhos habituais e residências foram estabelecidos de acordo com um plano determinado, eles passaram a lembrar-se cada vez menos dos temores e aversões que determinaram esse plano, e até mesmo que tais medos e aversões um dia existiram. A maioria das pessoas sabia apenas que certas regiões montanhosas eram consideradas incultiváveis, insalubres e malfadadas para se viver, e que quanto mais longe ficassem delas, melhor estariam. Com o tempo, a tradição e o interesse econômico tornaram-se tão arraigados nos lugares já aprovados que não havia mais qualquer razão para sair daqueles limites, e as colinas assombradas foram abandonadas, mais por acidente que por intenção. A não ser por ocasião de raras ondas de alarde, só as avós que gostavam de contar histórias cheias de fantasia e os nonagenários saudosistas murmuravam sobre seres que moravam nas colinas. E mesmo nesses murmúrios admitiam que não havia muito a temer com relação àquelas criaturas, agora que elas já estavam acostumadas à presença de casas e de colonizadores, e agora que os humanos tinham deixado em paz o território escolhido por eles.

    Tudo isso eu já sabia, graças às minhas leituras e a certas histórias folclóricas que ouvi em New Hampshire. De modo que, quando os rumores sobre as enchentes começaram a aparecer, não foi difícil imaginar o contexto imaginativo do qual se originaram.

H.P. Lovecraft

Foi preciso grande esforço mental para explicar isso a meus amigos e, na mesma medida, me diverti ao perceber que várias almas explosivas continuavam a insistir na existência de um possível elemento de verdade nos relatos. Essas pessoas tentavam ressaltar que as antigas lendas tinham uma persistência e uma uniformidade significativas, e que a natureza praticamente inexplorada das montanhas de Vermont tornava insensata uma postura dogmática sobre o que poderia ou não estar vivendo entre elas. Também não puderam ser silenciadas por minha garantia de que todos os mitos seguiam um padrão comum, bem conhecido para a maioria da humanidade e determinado pelas fases primitivas da experiência imaginativa, que sempre produziam o mesmo tipo de ilusão.

Era inútil demonstrar a tais opositores que os mitos de Vermont diferiam muito pouco, em essência, das lendas universais de personificação natural que preenchiam o mundo antigo com faunos, dríades e sátiros, que sugeriam a existência dos kallikantzaroi* da Grécia moderna, e que davam à natureza de Gales e do País de Gales as alusões obscuras a estranhas, pequeninas e terríveis raças ocultas de trogloditas e outras criaturas subterrâneas. Também foi inútil ressaltar a crença similar ainda mais espantosa das tribos que vivem nas montanhas do Nepal nos temíveis Mi-Go, ou "Abomináveis Homens das Neves", que espreitam em meio ao gelo e às rochas íngremes dos picos do Himalaia.

* Personagens da mitologia grega que promovem o caos durante os doze dias do Ciclo do Natal.

Quando apresentei essa evidência, meus opositores voltaram-na contra mim, afirmando que isso deveria pressupor algum fundo histórico para as lendas antigas; que deveria ser indício da existência real de alguma estranha raça terrestre primitiva, que foi levada a se esconder depois do advento e da dominação da raça humana, que poderia muito bem ter sobrevivido em número reduzido até tempos recentes – ou mesmo até o presente.

Quanto mais eu ria de tais teorias, mais esses amigos teimosos insistiam nelas. Acrescentavam que, mesmo sem a herança das lendas, os relatos recentes eram bastante claros, consistentes e detalhados, sensatos e prosaicos na maneira como foram contados, para serem completamente ignorados. Dois ou três extremistas fanáticos chegaram inclusive a especular sobre os possíveis significados das antigas histórias indígenas que atribuíam aos seres ocultos uma origem extraterrestre. Citaram os livros extravagantes de Charles Fort e suas afirmações de que viajantes de outros mundos e do espaço sideral visitavam a Terra com frequência. Entretanto, a maioria de meus opositores era composta de meros sonhadores que insistiam em tentar transferir para a vida real as histórias fantásticas sobre os "pequeninos" que nos espionavam, que foram popularizadas pela magnífica ficção de terror de Arthur Machen.

H.P. Lovecraft

II

Como era natural nas circunstâncias, esse debate acalorado finalmente chegou aos jornais, na forma de cartas ao *Arkham Advertiser*, algumas das quais foram reproduzidas na imprensa das regiões de Vermont, de onde partiram as histórias sobre as enchentes. O *Rutland Herald* publicou meia página com trechos extraídos das cartas de ambos os lados, enquanto o *Brattleboro Reformer* reproduziu na íntegra um dos meus longos resumos históricos e mitológicos, acompanhado de alguns comentários na coluna intelectual "The Pendrifter's", que apoiava e aplaudia minhas conclusões céticas. Na primavera de 1928, eu era praticamente uma figura célebre em Vermont, não obstante o fato de jamais ter colocado os pés naquele estado. Então vieram as cartas desafiadoras de Henry Akeley, que me impressionaram tão profundamente e que me levaram pela primeira e última vez àquele fascinante reino de precipícios verdejantes e riachos murmurantes em meio às florestas.

A maior parte do que sei sobre Henry Wentworth Akeley foi obtida através de correspondências com seus vizinhos e com seu filho único que reside na Califórnia, depois de minha experiência na solitária fazenda em que ele morava. Descobri que ele era o último representante em sua terra natal de uma longa e distinta linhagem de juristas, administradores e agricultores aristocráticos. Henry, contudo, da família havia se desviado mentalmente e abandonado os assuntos práticos para dedicar-se à mais pura erudição. De forma que ele foi um estudante de grande destaque em matemática, astronomia, biologia, antropologia e folclore na Universidade de Vermont. Eu nunca tinha ouvido falar dele antes, e ele não me deu muitos detalhes autobiográficos em suas correspondências. No entanto, percebi logo de início que era um homem de caráter, educado e inteligente, apesar de ser um eremita com bem pouca sofisticação mundana.

Apesar da natureza inacreditável do que ele propunha, não pude deixar de levar Akeley muito mais a sério do que havia levado qualquer outro opositor. Em primeiro lugar, ele estava bem perto dos fenômenos em questão – visíveis e tangíveis – sobre os quais especulava de maneira tão grotesca. E em segundo lugar, ele estava disposto a deixar suas conclusões em um estado de incerteza, como faz um verdadeiro homem da ciência. Não tinha inclinações pessoais em relação ao assunto e era sempre guiado por aquilo que considerava evidência sólida. É certo que comecei por considerar que ele estava equivocado, mas dei-lhe crédito por tratar-se de um equívoco recheado de inteligência. E em nenhum momento agi como alguns de seus amigos, que atribuíam suas ideias e o medo que sentia das solitárias montanhas verdejantes à insanidade. Eu podia ver que aquilo tinha muita importância para o homem e sabia que aquilo que ele relatava devia estar baseado, com toda certeza, em circunstâncias estranhas que mereciam uma investigação. Embora pouco pudesse ter a ver com as causas fantásticas que ele lhes atribuía. Mais tarde recebi dele algumas provas materiais que colocavam a questão em um patamar um tanto diferente e espantosamente bizarro.

Não posso fazer melhor do que transcrever na íntegra, até onde possível, a longa carta na qual Akeley se apresentou e que se transformou em um marco em minha própria história intelectual. Ela não está mais em meu poder, mas minha memória guarda quase todas as palavras de sua fatídica mensagem. E, mais uma vez, reafirmo minha confiança na sanidade do homem que a escreveu. Eis aqui o texto – um texto que chegou a mim nos garranchos inteligíveis e arcaicos de alguém que obviamente não se socializou muito com o mundo durante sua vida serena de acadêmico.

R.F.D. #2
Townshend, Windham County, Vermont
5 de maio de 1928
Exmo. Sr. ALBERT N. WILMARTH
118 Saltonstall St., Arkham, Massachusetts

Prezado Senhor,

Li com grande interesse, no *Brattleboro Reformer's* (23 de abril de 1928), a reprodução de sua carta em que discorre sobre as recentes histórias de corpos estranhos avistados boiando nos nossos riachos inundados no último outono e o curioso folclore a que muito bem se assemelham. É fácil compreender por que um forasteiro tomaria a posição que o senhor defende, e também por que o "Pendrifter" concorda com o senhor. Essa é, em geral, a posição defendida por pessoas educadas, tanto em Vermont quanto fora daqui, e foi minha própria opinião quando jovem (tenho agora 57 anos), antes que meus estudos, tanto de natureza geral quanto pelo livro de Davenport, me levassem a fazer algumas explorações em partes das montanhas das vizinhanças que habitualmente não são visitadas.

Fui conduzido a tais estudos pelas estranhas lendas antigas que costumava ouvir dos fazendeiros mais velhos do tipo mais ignorante, mas hoje desejaria não ter me interessado por essa questão. Posso dizer, com toda a minha modéstia, que as disciplinas da antropologia e do folclore não me são de forma alguma estranhas. Estudei-as bastante na universidade e estou familiarizado com a maior parte das autoridades de referência como Tylor, Lubbock, Frazer, Quatrefages, Murray, Osborn, Keith, Boule, G. Elliot Smith e outros mais. Não é novidade para mim que as lendas sobre raças ocultas sejam tão antigas quanto a humanidade. Tendo lido as transcrições de suas cartas e daqueles que concordam com o senhor, no **Rutland Herald**, acredito saber onde está a controvérsia no presente momento.

O que desejo dizer agora é que temo que seus oponentes estejam mais perto da verdade do que o senhor, muito embora a razão pareça estar ao seu lado. Eles estão mais próximos da verdade do que imaginam - porque, é claro, guiam-se apenas pela teoria e não sabem o que eu sei. Se eu soubesse tão pouco sobre o assunto quanto eles, não me sentiria culpado por acreditar no

H.P. Lovecraft

que eles acreditam. Eu estaria integralmente do seu lado.

O senhor pode perceber que tenho dificuldade em chegar ao âmago da questão, provavelmente porque eu realmente tenho medo de tocar nesse ponto. Mas o fato é que tenho certas evidências de que criaturas monstruosas realmente vivem nas florestas, no alto das montanhas que ninguém visita. Não vi nenhuma delas boiando nos rios, como foi noticiado, mas já vi coisas como essas em circunstâncias que tenho pavor de repetir. Já vi rastros, e recentemente os vi bem mais perto de minha casa do que ouso lhe contar (moro na antiga propriedade Akeley, ao sul de Townshend Village, ao lado da Montanha Sombria). E tenho ouvido vozes na floresta em certos pontos, vozes essas que nem mesmo começarei a descrever no papel.

Em certo lugar, ouvi essas vozes tantas vezes que fui até lá com um fonógrafo - acoplado a um ditafone e um cilindro de cera virgem -, e tentarei conseguir uma maneira para que o senhor possa ouvir a gravação que obtive. Reproduzi a gravação na máquina para algumas das pessoas mais idosas daqui e uma das vozes quase as paralisou de terror pela semelhança que tinha com certa voz (aquela voz que parecia um zumbido na floresta, mencionada por Davenport) sobre a qual suas avós falavam e a qual imitava para eles. Sei muito bem o que a maioria das pessoas pensa sobre um homem que diz "ouvir vozes" - mas antes que o senhor teça conclusões, ouça essa gravação e pergunte a alguns dos mais velhos das florestas o que é que eles pensam sobre isso. Se o senhor puder dar a ela uma justificativa normal, muito bem. Mas deve haver alguma coisa por trás disso tudo. "Ex nihilo nihil fit"*, o senhor sabe.

Meu objetivo ao escrever-lhe não é dar início a uma discussão, mas fornecer informações que penso que um homem com seus interesses considerará muito interessantes. Isto é particular. Publicamente, estou do seu lado, porque certas coisas me mostram que não é de bom alvitre que as pessoas saibam demais sobre esses assuntos. Meus próprios estudos são feitos agora de forma totalmente privada, e eu não pensaria em dizer nada para atrair a atenção das pessoas e levá-las a visitar os lugares que explorei. É verdade - uma verdade terrível - que existem criaturas não humanas nos observando todo o tempo. Eles têm espiões entre nós para coletarem informações. Foi de um desses espiões que consegui boa parte de minhas pistas sobre o assunto. Um homem miserável, se é que era mentalmente são (como penso que era). Ele depois se suicidou, mas tenho razões para pensar que há outros agora.

As criaturas vêm de outro planeta e são capazes de viver no espaço interestelar e de viajar por ele por intermédio de asas desajeitadas e poderosas que de alguma forma resistem ao éter, mas são muito ruins no controle da direção para terem qualquer utilidade na Terra. Falarei sobre isso mais tarde, se o senhor decidir

---

* Ex nihilo nihil fit é uma expressão latina que significa "nada surge do nada". Indica um princípio metafísico segundo o qual o ser não pode começar a existir a partir do nada. A frase é atribuída ao filósofo grego Parménides.

H.P. Lovecraft

me levar a sério e não pensar que sou um louco. Eles vêm aqui para retirar metais das minas profundas sob as montanhas, e penso que sei de onde eles vêm. Eles não nos ferirão se os deixarmos em paz, mas ninguém pode dizer o que acontecerá se ficarmos muito curiosos a respeito deles. Evidente que um bom exército de homens poderia dizimar a colônia de mineradores deles. E é isso que eles temem. Mas se isso acontecesse, mais deles viriam do espaço – sabe-se lá em que número. Eles poderiam dominar a Terra com facilidade, mas não tentaram até agora porque não sentiram a necessidade. Eles preferem deixar as coisas como estão para evitar aborrecimentos.

Acho que pretendem livrar-se de mim devido ao que descobri. Há uma enorme pedra negra com hieróglifos desconhecidos – e já meio desgastada – que encontrei na floresta da Montanha Redonda, a leste daqui. E depois que a trouxe para casa, tudo ficou diferente. Se pensarem que suspeito demais, vão assassinar-me ou levar-me da Terra para o lugar de onde vieram. Eles gostam de levar homens de erudição de vez em quando para manterem-se informados sobre a situação das coisas no mundo humano.

E isso me leva ao segundo propósito de escrever ao senhor – qual seja, instá-lo a acabar com o presente debate, em vez de dar-lhe mais publicidade. As pessoas precisam ser mantidas longe dessas montanhas, e para que isso aconteça, a curiosidade delas não deve ser atiçada ainda mais. Deus sabe que já há perigo demais, de qualquer forma, com os incorporadores e corretores imobiliários que inundam Vermont no verão com uma multidão de pessoas que infestam os lugares despovoados e cobrem as montanhas com bangalôs baratos.

Ficarei feliz em dar continuidade à nossa comunicação e tentarei enviar a gravação do fonógrafo e a pedra negra (que está tão corroída que as fotografias não conseguem captar muita coisa) através de um serviço de entrega expressa, se o senhor desejar. Digo "tentarei" porque acho que aquelas criaturas têm alguma maneira de adulterar as coisas por aqui. Há um camarada soturno e furtivo por aqui, de nome Brown, que mora em uma fazenda perto da vila. Penso que seja espião das criaturas. Pouco a pouco elas estão tentando me colocar para fora de nosso mundo porque sei coisas demais sobre o mundo deles.

É inacreditável como conseguem descobrir o que faço. Pode ser que o senhor nem sequer receba esta carta. Creio que serei obrigado a deixar esta parte do país e ir morar com meu filho em San Diego, na Califórnia, se as coisas piorarem. Mas não é tão fácil abandonar o lugar em que nascemos e onde nossa família viveu por seis gerações. Além do mais, eu dificilmente ousaria vender esta casa para qualquer pessoa, agora que as criaturas tomaram conhecimento dela. Elas parecem estar tentando reaver a pedra negra e destruir a gravação do fonógrafo, mas não permitirei que isso aconteça, se puder impedi-las. Meus enormes cães de guarda sempre as mantêm afastadas, já que há poucas delas por aqui ainda e elas são atrapalhadas no caminhar. Como já disse, as asas delas não têm muita utilidade para voos curtos na Terra. Estou prestes a

H.P. Lovecraft

decifrar aquela pedra – de uma forma muito terrível – e com seu conhecimento em folclore, talvez o senhor seja capaz de me ajudar a encontrar os elos perdidos. Suponho que o senhor saiba tudo a respeito dos mitos pavorosos sobre coisas que antecedem a chegada do homem à Terra – os ciclos Yog-Sothoth e Cthulhu – acerca dos quais há referências discretas no *Necronomicon*. Tive acesso a uma cópia dele uma vez, e ouvi dizer que o senhor tem uma guardada a sete chaves na biblioteca da universidade.

Para concluir, senhor Wilmarth, acredito que com nossos estudos podemos ser muito úteis um ao outro. Não tenho a intenção de colocá-lo em perigo, e suponho que devo alertá-lo de que estar de posse da pedra e da gravação pode não ser muito seguro. Mas acredito também que o senhor esteja disposto a enfrentar quaisquer riscos em nome do conhecimento. Irei até Newfane ou Brattleboro para enviar o que quer que o senhor me autorize a enviar, porque os correios de lá são mais confiáveis. Devo dizer que atualmente vivo sozinho, já que não tenho mais como manter os empregados aqui. Eles não querem ficar, devido às criaturas que tentam se aproximar da casa à noite e que mantêm os cães latindo continuamente. Fico aliviado por não ter me embrenhado tão a fundo nesse assunto enquanto minha mulher ainda estava viva, pois ela teria enlouquecido.

Na esperança de não estar incomodando desnecessariamente e de que o senhor se decida a não atirar esta carta ao lixo, tomando-a por um desvario de um louco, fico no aguardo de seu contato e subscrevo-me.

Atenciosamente,
Henry W. Akeley

P.S. Estou providenciando algumas cópias de certas fotografias tiradas por mim, que, em minha opinião, ajudarão a provar alguns dos pontos a que me referi. Os mais velhos acham que elas são monstruosamente verdadeiras. Posso enviá-las em breve, se o senhor estiver interessado.

H.W. A.

Seria difícil descrever meus sentimentos ao ler esse estranho documento pela primeira vez. Por todos os sensos comuns, eu deveria ter gargalhado mais alto diante dessas extravagâncias do que das teorias bem mais moderadas que anteriormente tinham me levado ao riso. No entanto, alguma coisa no tom da carta fez com que eu a encarasse com uma seriedade paradoxal. Não que eu acreditasse sequer por um momento na existência de uma raça oculta vinda das estrelas, tal como meu correspondente descrevera. Porém, depois de uma severa dúvida inicial, passei a ter uma certeza surpreendente quanto à sanidade e à sinceridade do homem, e também de que ele tinha se confrontado com algum fenômeno genuíno, ainda que singular e anormal, que ele não podia explicar a não ser daquela forma fantasiosa. Não poderia ser como ele pensava, refleti, mas, por outro lado, aquilo não poderia deixar de ser investigado. O homem parecia desnecessariamente exaltado e alarmado com alguma coisa, mas era difícil imaginar que não houvesse um motivo. Ele foi muito específico e lógico de várias formas, afinal, a história dele se encaixava absurdamente bem em alguns dos mitos antigos – até mesmo nas lendas indígenas mais extravagantes.

Era totalmente possível que ele realmente tivesse ouvido vozes perturbadoras nas montanhas e encontrado a pedra negra de que falara, apesar das loucas inferências que tinha feito – inferências essas provavelmente sugeridas pelo homem que dizia ser espião dos seres alienígenas e que pouco depois tinha-se suicidado. Era fácil deduzir que esse homem devia ser totalmente insano, mas que provavelmente possuía uma veia de lógica exterior perversa que fez com que o ingênuo Akeley – já preparado para tais coisas pelos seus estudos de folclore – acreditasse em sua história. Quanto aos últimos acontecimentos, parecia – por sua inabilidade em manter os empregados – que os vizinhos mais humildes e rústicos de Akeley estavam tão convencidos quanto ele de que a casa estava sendo sitiada por criaturas misteriosas à noite. Os cães normalmente latiam, também.

Em relação à gravação do fonógrafo, eu só podia acreditar que ele tivesse conseguido da maneira como havia mencionado. Aquilo deveria significar alguma coisa; talvez fossem ruídos de animais, confundidos com a voz humana, ou mesmo a fala de algum ser humano escondido na floresta, perambulando pela noite, reduzido a um estado não muito melhor que o dos animais. Meus pensamentos voltaram-se então à pedra negra com hieróglifos e às especulações sobre o que poderiam significar. E também, o que dizer das fotografias que Akeley disse estar prestes a enviar, e que os mais idosos tinham achado tão terríveis?

Enquanto eu relia os garranchos da caligrafia, sentia, como nunca antes, que meus crédulos opositores poderiam ter mais coisas do seu lado do que eu admitia. Afinal, poderia haver alguns rejeitados estranhos e talvez com alguma má-formação hereditária naquelas colinas evitadas, mesmo que não houvesse nenhuma raça de monstros estelares como aqueles que o folclore afirmava haver. Se houvesse, então a presença de corpos estranhos nos riachos inundados não pareceria tão completamente absurda. Seria muita presunção supor que tanto as antigas lendas quanto os relatos recentes tivessem tamanho grau de verdade por trás deles? Mas mesmo enquanto eu nutria essas dúvidas, sentia-me envergonhado pelo fato de uma obra tão bizarra e tão fantástica quanto a carta espantosa de Henry Akeley ter suscitado tantas dúvidas.

No fim, respondi à carta de Akeley adotando um tom de interesse cordial e solicitando mais detalhes. A resposta dele veio quase que no retorno do correio; e continha, como prometido, vários instantâneos de cenas e objetos ilustrando o que ele tinha contado. Olhando para essas fotografias enquanto as tirava do envelope, senti uma curiosa sensação de medo como quando se está perto de coisas proibidas. Pois, apesar da imprecisão da maioria, elas tinham uma força muito sugestiva que foi intensificada pelo fato de serem fotografias genuínas – verdadeiros elos ópticos com aquilo que retratavam e o produto de um processo de transmissão impessoal sem preconceito, falibilidade ou desonestidade.

Quanto mais olhava para elas, mais eu via que minha estimativa sensorial de Akeley e de sua história não fora infundada. Certamente, aquelas fotografias carregavam evidências conclusivas de que havia algo nas colinas de Vermont que estava, no mínimo, completamente fora da esfera comum de nosso conhecimento e de nossas crenças. O pior de tudo eram as pegadas – uma imagem captada onde o sol brilhava em uma trilha de barro, em algum lugar de um planalto deserto. Aquilo não era nenhuma falsificação barata, pude ver à primeira vista. Pois os pedregulhos definidos com nitidez e as lâminas de grama no campo de visão davam uma clara noção da escala e não deixavam nenhuma possibilidade de uma dupla exposição ardilosa. Chamei a coisa de "pegada", mas "rastros em forma de garras" seria um termo melhor. Ainda hoje, mal consigo descrevê-la, a não ser dizendo que tinha uma forma horrenda, parecida com as marcas de um caranguejo, e que mostrava haver alguma ambiguidade quanto à direção do movimento. Não era muito profunda nem muito recente, mas parecia ter o tamanho normal de um pé humano. De um bloco central, pares de garras serrilhadas projetavam-se em direções opostas – a função daquilo era um tanto enigmática, se é que, de fato, todo o objeto era unicamente um órgão de locomoção.

Outra fotografia – evidentemente uma exposição prolongada feita em uma sombra profunda – era da entrada de uma caverna na floresta, obstruída por uma enorme rocha de formato esférico. No solo nu defronte a ela, podia-se discernir uma rede intrincada de rastros curiosos, e quando estudei a fotografia com uma lupa tive a certeza inabalável de que os rastros eram parecidos com o da foto anterior. Uma terceira fotografia mostrava um círculo de pedras eretas, no estilo dos druidas, no alto de uma montanha. Ao redor do círculo enigmático, a grama estava bastante desgastada, embora eu não tenha conseguido detectar qualquer pegada, mesmo com a lupa. O extremo isolamento do local era evidente pelo verdadeiro mar de montanhas inabitadas que formavam o segundo plano e se estendiam em direção a um horizonte coberto de névoa.

Contudo, se a imagem mais perturbadora de todas era a da pegada, a mais curiosa e sugestiva era a da grande pedra negra encontrada nas florestas da Montanha Redonda. Evidentemente, Akeley a tinha fotografado da mesa de seu gabinete, pois eu podia ver fileiras de livros e um busto de Milton ao fundo. A coisa, como era de se esperar, aparecia de frente para a câmera, em posição vertical, com uma superfície curva levemente irregular e com medidas aproximadas de trinta centímetros por sessenta. Mas dizer alguma coisa precisa sobre aquela superfície, ou sobre o formato geral da massa toda, quase desafia o poder da linguagem. Que princípios geométricos bizarros teriam orientado sua lapidação – porque era certo que tinha sido lapidada artificialmente –, eu não conseguiria nem mesmo começar a supor. E nunca em minha vida tinha visto qualquer coisa que me parecesse tão estranha e inconfundivelmente alienígena para este mundo. Dos hieróglifos na superfície pude discernir muito pouco, mas um ou dois dos que pude ver me deixaram em choque. É evidente que poderiam ser fraudulentos, já que outras pessoas além de mim já tinham lido o monstruoso e abominável *Necronomicon*, de Abdul Alhazred, o árabe louco. De qualquer forma, causou-me arrepios reconhecer certos ideogramas que o estudo me ensinou a relacionar aos mais assustadores e blasfemos murmúrios de coisas que tiveram uma espécie de semiexistência louca antes que a Terra e os outros mundos do sistema solar fossem criados.

Das cinco imagens restantes, três eram paisagens de pântanos e montanhas, que pareciam carregar traços de uma ocupação perniciosa e oculta. Outra mostrava uma marca estranha no chão, bem próximo à casa de Akeley. Segundo disse, ele tirou a fotografia na manhã seguinte à noite em que os cães latiram com mais violência que o normal. Estava bastante desfocada e não se poderia chegar a nenhuma conclusão a partir dela. Mas era de fato diabolicamente semelhante à outra marca, fotografada no planalto deserto. A última fotografia era da própria casa de Akeley: uma casa branca bem acabada de dois andares e sótão, com cerca de cento e vinte anos, com um gramado bem conservado e um caminho ladeado de pedras que conduzia a um portal georgiano entalhado com muito bom gosto. Havia vários cães de guarda enormes no gramado, sentados ao lado de um homem com um rosto simpático e barba grisalha bem aparada, que deduzi ser o próprio Akeley – em um autorretrato, como se podia deduzir a partir do bulbo ligado a um tubo que segurava na mão direita.

Depois de ver as fotografias, passei a ler a carta volumosa e escrita com muita diligência; e pelas três horas seguintes, precipitei-me em um abismo de horror indescritível. Se na primeira correspondência Akeley havia feito apenas alguns esboços, ele agora entrava nos detalhes mais minuciosos. Apresentou longas transcrições de palavras ouvidas nas florestas à noite, extensos relatos de formas rosadas monstruosas avistadas entre os arbustos da colina ao crepúsculo e uma terrível narrativa cósmica resultante da aplicação de uma profunda e variada erudição aos intermináveis discursos do louco que se autodeclarava espião e que por fim se matara. Eu me via diante de nomes e termos que havia encontrado em outros lugares associados a horrores: Yuggoth, Grande Cthulhu, Tsathoggua, Yog-Sothoth, R'lyeh, Nyarlathotep, Azathoth, Hastur, Yian, Leng, o Lago de Hali, Bethmoora, o Símbolo Amarelo, L'mur-Kathulos, Bran e o Magnum Innominandum – e fui arrastado de volta no tempo, através de eras inominadas e dimensões inconcebíveis, até os mundos da entidade ancestral e extraterrena sobre os quais o louco autor de *Necronomicon* havia conjecturado da forma mais vaga possível. Ele me falou sobre as profundezas da vida primitiva e dos riachos que lá haviam brotado; e, finalmente, dos pequeninos regatos de um desses riachos que tinha se emaranhado ao destino de nossa própria terra.

Meu cérebro rodopiava. E se antes eu tentava encontrar explicações para os fatos, agora começava a acreditar nas maravilhas mais anormais e incríveis. O leque de provas vitais era vasto e contundente. E a atitude fria e científica de Akeley – uma atitude tão distante quanto se possa imaginar da demência, do fanatismo, do histerismo ou até mesmo da especulação extravagante – teve um efeito avassalador sobre meu raciocínio e meu julgamento. Quando, por fim, coloquei de lado a carta aterrorizante, pude compreender os temores que ele passou a hospedar e estava pronto para fazer qualquer coisa que estivesse em meu alcance para manter as pessoas longe daquelas montanhas inóspitas e assombradas. Mesmo agora, que o tempo já atenuou o impacto e me fez, em certa medida, questionar minha própria experiência e minhas dúvidas terríveis, há coisas naquela carta de Akeley que eu não mencionaria e nem mesmo colocaria em palavras no papel. Sinto-me quase aliviado que a carta, a gravação e as fotografias tenham se perdido – e desejaria, por razões que em breve tornarei claras, que o novo planeta além de Netuno não tivesse sido descoberto.

Com a leitura daquela carta, meu debate público sobre o horror de Vermont terminou permanentemente. Os argumentos de meus oponentes permaneciam sem respostas ou eram descartados com promessas, e, por fim, a controvérsia foi esquecida. Durante o final de maio e o mês de junho, estive em constante correspondência com Akeley, embora de vez em quando uma carta se extraviasse, de modo que éramos obrigados a retraçar o caminho percorrido e a providenciar novas cópias. O que estávamos tentando fazer, no geral, era comparar nossas anotações relativas a assuntos mitológicos obscuros e chegar a uma correlação mais clara entre os horrores de Vermont e as características gerais das lendas do mundo primitivo.

Para começar, decidimos que aquelas monstruosidades e o demoníaco Mi-Go himalaio pertenciam a uma única e mesma ordem de pesadelo encarnado. Havia ainda conjecturas zoológicas absorventes, as quais eu teria levado ao conhecimento do professor Dexter em minha universidade, não fosse a ordem imperativa de Akeley de que não dissesse nem uma palavra sobre o assunto que tínhamos diante de nós. Se pareço desobedecer a essa ordem agora é só porque, a essa altura dos acontecimentos, acho que uma advertência sobre aquelas montanhas longínquas de Vermont – e sobre as montanhas himalaias que os exploradores ávidos estão mais e mais determinados a escalar – é mais condizente com a segurança pública do que o silêncio poderia ser. Uma atividade específica para a qual estávamos nos preparando era a decodificação dos hieróglifos daquela infame pedra negra – uma decodificação que bem poderia nos colocar de posse de segredos mais profundos e mais desnorteadores que qualquer outro já conhecido pelo homem.

III

No final de junho, chegou a gravação fonográfica – enviada de Brattleboro, uma vez que Akeley não estava disposto a confiar nas condições do ramal que operava ao norte daquele lugar. Ele tinha a sensação de que a espionagem estava mais acirrada, sensação que foi agravada pelo extravio de algumas de nossas cartas, e falou muito sobre os atos insidiosos de certos homens, que considerava instrumentos e agentes dos seres ocultos. Acima de tudo, ele suspeitava do carrancudo fazendeiro Walter Brown, que morava sozinho em uma casa em ruínas na encosta da colina, perto dos bosques mais cerrados, e que muitas vezes era visto vagando pelas esquinas de Brattleboro, Bellows Falls, Newfane e South Londonderry, nas circunstâncias mais inexplicáveis e aparentemente sem motivo algum. Akeley estava convencido de que a voz de Brown era uma das vozes que ele tinha ouvido em certa ocasião, em uma conversa muito terrível; e uma vez encontrou uma pegada ou uma marca de garra perto da casa de Brown, o que poderia ter um significado sinistro. A marca estava curiosamente perto de algumas das pegadas do próprio Brown – pegadas que se voltavam para as marcas.

Por isso, a gravação foi enviada de Brattleboro, para onde Akeley foi com seu Ford, dirigindo pelas solitárias estradas secundárias de Vermont. Ele confessou em uma nota que acompanhava a remessa que estava começando a ficar com medo dessas estradas, e que ele não iria nem mesmo a Townshend para fazer compras de agora em diante, a não ser à luz do dia. Ele repetiu várias vezes que não valia a pena saber muito sobre o assunto, a menos que se estivesse bem longe daquelas montanhas silenciosas e problemáticas. Ele iria para a Califórnia muito em breve para morar com o filho, embora fosse difícil deixar um lugar onde todas as suas memórias e sentimentos ancestrais estavam reunidos. Antes de tentar ouvir a gravação na máquina que emprestei do prédio da administração da universidade, reli cuidadosamente todas as explicações contidas nas várias cartas de Akeley. Esta gravação, ele havia dito, fora obtida por volta da uma hora da manhã no dia primeiro de maio de 1915, perto da entrada bloqueada de uma caverna, onde a encosta oeste da Montanha Sombria se ergue do Pântano de Lee. O lugar sempre fora estranhamente infestado por vozes estranhas, e esse foi o motivo pelo qual havia levado o fonógrafo, o ditafone e a cera virgem, na esperança de conseguir resultados. A experiência anterior já havia demonstrado a ele que a véspera do dia primeiro de maio – a pavorosa noite do Sabá das lendas ocultas europeias – seria provavelmente mais frutífera do que qualquer outra data, e ele não se decepcionou. Era digno de nota, contudo, que ele nunca mais ouviu vozes naquele lugar.

Ao contrário da maioria das vozes ouvidas na floresta, o conteúdo da gravação era quase ritualístico e incluía uma voz claramente humana, voz essa que Akeley nunca conseguiu saber de quem era. Não era a voz de Brown, mas parecia ser a voz de um homem de grande erudição. A segunda voz, entretanto, era o ponto crucial da coisa – pois se tratava do amaldiçoado zumbido que não tinha semelhança alguma com a voz humana, apesar das palavras que proferia em bom inglês e com entonação erudita.

O fonógrafo e o ditafone não funcionaram com uniformidade, e, é claro, havia a desvantagem da natureza remota e abafada do ritual ouvido, de forma que as falas registradas estavam bastante fragmentadas. Akeley tinha enviado uma transcrição do que ele acreditava ser as palavras ditas, e eu passei os olhos novamente por ela enquanto colocava a máquina para funcionar. O texto era mais misterioso e sombrio do que ostensivamente apavorante, embora o conhecimento de sua origem e da maneira como fora obtido dessem a ele todo o horror associativo que quaisquer palavras pudessem possuir. Reproduzirei aqui, na íntegra, o conteúdo da transcrição, tal como me lembro – e estou bastante confiante de que o conheço de cor, não apenas por ter lido a transcrição como também por ter ouvido a gravação repetidas vezes. Não é uma coisa que alguém possa esquecer facilmente!

(Sons indistintos)
(Voz humana de homem culto): ... é o Senhor da Floresta, mesmo para... e os dons dos homens de Leng... dos poços da noite aos abismos do espaço, e dos abismos do espaço aos poços da noite, sempre o louvor ao Grande Cthulhu, a Tsathoggua e Àquele Que Não Deve Ser Nomeado. Louvor eter-

no a Eles, e abundância para o Bode Negro da Floresta. Iä! Shub-Niggurath! O Bode com Mil Filhotes!
(Zumbido imitando a voz humana): Iä! Shub-Niggurath! O Bode com Mil Filhotes!
(Voz humana): E aconteceu que o Senhor das Florestas, sendo... sete e nove... descendo os degraus de ônix... (tri)butos Àquele que vive no abismo, Azathoth, a Ele, sobre quem Tu nos contaste marav(ilhas)... nas asas da noite para além do espaço, para além do... até Aquele cuja cria mais nova é Yuggoth, girando sozinho no longínquo éter negro na borda...
(Voz de zumbido): ... caminhai entre os homens e aprendei seus costumes, para que Ele, no Abismo, possa conhecê-los. A Nyarlathotep, o Poderoso Mensageiro, todas as coisas devem ser contadas. E Ele há de assumir o semblante dos homens, a máscara de cera e o manto que oculta, e há de descer do mundo dos Sete Sóis para zombar...
(Voz humana): ... (Nyarl)athotep, Grande Mensageiro, portador de estranha alegria a Yuggoth, através do vazio, Pai do Milhão de Eleitos, à espreita entre...
(Fala cortada pelo término da gravação)

Tais eram as palavras que eu ouviria ao ligar o fonógrafo. Foi com um quê de genuíno terror e relutância que acionei a alavanca e ouvi os arranhões preliminares da ponta de safira, e fiquei aliviado com o fato de que as primeiras palavras débeis e fragmentadas eram de uma voz humana – uma voz macia e culta, com um sotaque que lembrava vagamente o dos naturais de Boston e que certamente não era a de um nativo das montanhas de Vermont. Enquanto ouvia aquela reprodução tênue e irresistível, percebia que a fala era idêntica à transcrição cuidadosamente preparada por Akeley. E a voz cantava, voz macia com sotaque de Boston... Iä! Shub-Niggurath! O Bode com Mil Filhotes!...

E então ouvi a outra voz. Até hoje estremeço relembrando a forma como aquilo me chocou, ainda que tivesse sido preparado por meio de relatos de Akeley. Todos aqueles a quem, desde então, descrevi a gravação são categóricos em afirmar que não veem nada além de charlatanismo barato ou loucura naquilo. Mas, pudessem eles ouvir aquela coisa maldita ou ler a pilha de correspondências de Akeley (principalmente a terrível e enciclopédica segunda carta), tenho certeza de que pensariam de outra forma. Em resumo, é uma enorme lástima que eu não tenha desobedecido a Akeley e tocado a gravação para outras pessoas – uma tremenda pena também que todas as cartas dele tenham se perdido. Para mim, com o primeiro impacto causado pelos sons e com meu conhecimento do cenário de fundo e das circunstâncias que o cercavam, a voz era uma coisa monstruosa. Ela seguia a voz humana na resposta do ritual, mas em minha imaginação aquilo era um eco mórbido batendo suas asas em meio a abismos inconcebíveis de infernos inimagináveis. Já se passaram mais de dois anos desde que reproduzi aquele cilindro encerado blasfemo pela última vez; mas neste momento, e em todos os outros, ainda posso ouvir aquele zumbido tênue e diabólico tal como o ouvi pela primeira vez.

"Iä! Shub-Niggurath! O Bode com Mil Filhotes!"

No entanto, embora a voz esteja sempre em meus ouvidos, não fui capaz ainda nem mesmo de analisá-la bem o bastante para uma descrição gráfica. Era como o zumbido de um inseto gigante e asqueroso, desajeitadamente moldado à fala articulada de uma espécie alienígena, e tenho a absoluta certeza de que os órgãos que a produziam não podem ter semelhança com os órgãos vocais do homem ou sequer com os dos mamíferos. Havia peculiaridades no timbre, na amplitude e na frequência que colocavam todo o fenômeno fora da esfera da humanidade e da vida terrena. A maneira abrupta como aconteceu da primeira vez me atordoou, e ouvi o resto da gravação em uma espécie de estupor abstraído. Quando o trecho mais longo do zumbido tocou, houve uma intensificação aguda daquela sensação de eternidade blasfema que havia tomado conta de mim durante a passagem anterior, mais curta. Por fim, a gravação terminou de forma abrupta, durante uma fala incomumente clara da voz humana com sotaque de Boston. Mas eu permaneci parado por um bom tempo, como um estúpido, olhando para a máquina inerte. Não se faz necessário dizer que reproduzi aquela gravação chocante muitas outras vezes e que fiz tentativas exaustivas de analisá-la e de comparar minhas anotações com as de Akeley. Seria inútil e perturbador repetir aqui tudo o que concluímos. Entretanto, devo dizer que concordamos em acreditar que tínhamos obtido fortes indícios quanto às origens de alguns dos mais repulsivos costumes primordiais das religiões mais antigas e insondáveis da humanidade. Também nos pareceu claro que havia uma aliança antiga e intrincada entre as criaturas ocultas do espaço e certos membros da raça humana. Qual a extensão dessas alianças e como a situação atual se comparava à situação nas épocas mais remotas, não tínhamos como saber. Mas, na melhor das hipóteses, havia espaço para uma quantidade infinita de especulações tenebrosas. Parecia existir uma ligação tenebrosa, imemorial, em vários estágios definidos, entre o homem e a imensidão inominável. As blasfêmias que apareciam na Terra, ao que tudo levava a crer, vinham do obscuro planeta Yuggoth, que ficava na fronteira do sistema solar. Entretanto, esse planeta não passava de um mero entreposto avançado, povoado por uma raça interestelar medonha cuja origem deveria estar muito além até mesmo do continuum espaço-tempo de Einstein ou do maior universo conhecido.

Enquanto isso, continuávamos a discutir sobre a pedra negra e a melhor maneira de enviá-la a Arkham – já que Akeley achava arriscado que eu fosse visitá-lo no cenário de seus estudos conturbados. Por alguma razão, Akeley tinha medo de confiar a coisa a qualquer rota de transporte comum ou previsível. Decidiu, afinal, levá-la pelo interior até Bellows Falls e despachá-la de lá por um trem da Ferrovia de Boston e Maine que passaria por Keene e Winchendon e depois por Fitchburg, muito embora isso tornasse necessário que ele dirigisse por estradas mais desertas, mais acidentadas e com mais florestas que a estrada principal para Brattleboro. Ele me disse que havia notado um homem rondando o escritório do expresso em Brattleboro quando me enviou a gravação do fonógrafo cujas atitudes e fisionomia não eram nada tranquilizadoras. Parecia estar muito ansioso para falar com os atendentes, e embarcara no trem em que a gravação fora despachada. Akeley confessou que não se sentiu tranquilo em relação à gravação até que obteve a confirmação de que eu a tinha recebido em segurança.

Mais ou menos nessa época – na segunda semana de julho – outra carta minha se extraviou, como tomei conhecimento por meio de uma comunicação ansiosa de Akeley. Depois disso, ele me disse para não mais enviar as cartas para Townshend, e em vez disso, enviar toda a correspondência à posta-restante de Brattleboro, para onde faria viagens frequentes, tanto em seu carro quanto na linha de ônibus que há pouco tempo havia substituído o serviço de passageiros do ramal da ferrovia, que sempre atrasava. Eu podia notar que ele estava ficando cada vez mais ansioso, porque se demorava contando com detalhes sobre o aumento dos latidos dos cães nas noites sem luar e sobre as marcas frescas em forma de garras que às vezes encontrava na estrada e na lama nos fundos da propriedade ao amanhecer. Certa vez me falou sobre um verdadeiro exército de pegadas alinhadas, de frente para uma linha igualmente espessa e resoluta de rastros de cães. E enviou-me uma fotografia inquietante para prová-lo. Isso tinha sido depois de uma noite em que os cães haviam se superado nos latidos e uivos.

Na manhã da quarta-feira, 18 de julho, recebi um telegrama de Bellows Falls, no qual Akeley dizia que estava despachando a pedra negra pela B & M, no trem número 5508, que partiria de Bellows Falls às 12:15 e deveria chegar à Estação Norte de Boston às 16:12. Calculei que deveria chegar a Arkham no máximo até o meio-dia do dia seguinte. E de acordo com isso, permaneci em casa durante toda a manhã da quinta-feira para recebê-la. Mas o meio-dia chegou e se foi e nada aconteceu. E quando telefonei para o escritório da companhia, fui informado de que não havia chegado nenhuma encomenda para mim. Meu passo seguinte, que coloquei em prática tomado por um crescente alarme, foi fazer uma chamada de longa distância ao agente da companhia, na Estação Norte de Boston. E pouco me surpreendi ao saber que minha encomenda não havia chegado. O trem 5508 havia chegado com apenas trinta e cinco minutos de atraso no dia anterior, mas não trazia nenhuma caixa endereçada a mim. O agente prometeu, contudo, realizar uma investigação para procurá-la, e terminei o dia enviando a Akeley uma carta noturna delineando a situação.

    Com uma prontidão louvável, na tarde seguinte chegou-me um relatório do escritório de Boston, e o agente telefonou-me tão logo tomou conhecimento dos fatos. Ao que parecia, o encarregado do expresso 5508 recordava-se de um incidente que poderia estar relacionado à minha perda – uma discussão com um homem de voz bastante curiosa, magro, de cabelos louro-escuros e um aspecto rude, quando o trem estava parado em Keene, New Hampshire, pouco depois da uma hora da tarde. O homem, ele disse, mostrava-se bastante exasperado com relação a uma caixa que dizia estar esperando, mas que não estava no trem nem constava dos livros de registros da companhia. Ele apresentara-se como Stanley Adams e tinha uma voz estranhamente grave e com um zumbido tão forte que deixou o encarregado tonto e sonolento. O funcionário não se lembrava claramente de como a conversa havia terminado, mas recordava-se de ter recobrado as condições mentais tão logo o trem começou a se mover. O agente de Boston acrescentou que esse funcionário era um jovem de confiabilidade e honestidade inquestionáveis, com bons antecedentes e que trabalhava há muito tempo na companhia.

Naquela noite fui a Boston para interrogar o funcionário pessoalmente, depois de obter seu nome e endereço no escritório. Era um sujeito franco e simpático, mas logo percebi que ele nada poderia acrescentar ao seu relato original. Estranhamente, ele tinha pouca certeza de que conseguiria sequer reconhecer o estranho se o visse outra vez. Percebendo que ele não tinha nada mais a dizer, retornei a Arkham e fiquei até o amanhecer escrevendo cartas para Akeley, para a companhia, para o departamento de polícia e para o agente da estação em Keene. Senti que o homem de voz estranha que tinha abalado de maneira tão estranha o encarregado devia ter um papel vital em todo o episódio nefasto, e esperava que os empregados da estação de Keene e os registros do posto de telégrafos pudessem dizer alguma coisa sobre ele e sobre como havia feito seus questionamentos na hora e no lugar em que os fez.

Contudo, devo admitir que minhas investigações deram em nada. O homem de voz estranha tinha, de fato, sido notado por perto da estação de Keene no início da tarde de dezoito de julho, e um mendigo pareceu associá-lo a uma caixa pesada. Mas o sujeito era totalmente desconhecido por ali e não foi visto antes ou depois daquilo. Ele não havia visitado o escritório do telégrafo nem recebido qualquer mensagem até onde se pôde averiguar, tampouco havia passado pelo escritório qualquer mensagem que pudesse ser considerada como referente à presença da pedra negra no trem 5508. Naturalmente, Akeley juntou-se a mim na condução dessas investigações e até mesmo fez uma viagem a Keene pessoalmente para questionar as pessoas ao redor da estação. Mas sua atitude em relação ao problema era mais fatalista que a minha. Ele parecia achar a perda da caixa uma concretização fatídica e ameaçadora de tendências inevitáveis, e não tinha a menor esperança de recuperá-la. Ele falava dos poderes indubitavelmente telepáticos e hipnóticos das criaturas das montanhas e de seus agentes, e em uma das cartas deu a entender que não acreditava que a pedra estivesse mais nesta terra. De minha parte, eu estava enfurecido, pois acreditava que havia ao menos uma chance de conhecer coisas profundas e assombrosas com os hieróglifos antigos e desgastados. A questão teria causado um ressentimento amargo em minha mente se as cartas de Akeley que me chegaram quase que imediatamente não tivessem trazido à baila uma nova fase de todo o terrível problema da montanha, que imediatamente exigiu toda a minha atenção.

IV

As criaturas desconhecidas, Akeley escreveu com uma caligrafia que tinha se tornado lamentavelmente mais trêmula, tinham começado a acuá-lo com um novo grau de determinação. Agora, sempre que a lua estava fraca ou ausente, os latidos noturnos dos cães eram terríveis, e tinha havido tentativas de molestá-lo nas estradas ermas que ele precisava atravessar durante o dia. No dia 2 de agosto, enquanto dirigia seu carro em direção à vila, encontrou um tronco de árvore atravessado no caminho, em um ponto onde a estrada passava por uma floresta fechada. Os latidos desesperados dos dois enormes cães de guarda que levava consigo o advertiram claramente das criaturas que deviam estar por perto, à espreita. O que teria acontecido se os cães não estivessem ali, ele não se atrevia a imaginar – mas ele agora nunca saía sem pelo menos dois cães de sua leal e poderosa matilha. Outras experiências nas estradas tinham acontecido nos dias 5 e 6 de agosto. Em uma ocasião, um tiro passou de raspão em seu carro, e na outra, os latidos dos cães avisaram-no de presenças ameaçadoras na floresta.

Em 15 de agosto, recebi uma carta frenética que me perturbou muito e que me fez desejar que Akeley deixasse de lado sua reticência solitária e pedisse a ajuda da lei. Tinha acontecido uma coisa aterrorizante na madrugada entre os dias 12 e 13. Balas foram disparadas do lado de fora da casa, e, na manhã seguinte, três dos doze cães enormes foram encontrados mortos a tiros. Havia uma miríade de pegadas em forma de garras na estrada, com as pegadas humanas de Walter Brown entre elas. Akeley começou a telefonar para Brattleboro a fim de providenciar mais cães, mas a linha ficou muda antes que ele tivesse a chance de falar muita coisa. Mais tarde, ele foi a Brattleboro em seu carro e descobriu que os técnicos haviam encontrado o cabo principal cortado intencionalmente em um ponto que passava pelas montanhas desertas ao norte de Newfane. Mas ele estava prestes a voltar para casa com quatro belos cães novos e várias caixas de munição para sua carabina de repetição. A carta foi escrita no posto do correio de Brattleboro e chegou a mim sem demora.

A essa altura, minha atitude com relação ao problema deixou rapidamente de ser científica e transformou-se em uma alarmante preocupação pessoal. Temia o que poderia acontecer com Akeley naquela casa remota e solitária, e temia também por mim mesmo, devido à minha conexão, agora definitiva, com o estranho problema da montanha. A coisa estava se aproximando demais. Será que também me sugaria e me engoliria? Na resposta à carta dele, supliquei a Akeley que procurasse ajuda e insinuei que eu mesmo tomaria providências se ele não o fizesse. Falei em visitar Vermont pessoalmente, a despeito de suas orientações, e em ajudá-lo a explicar a situação às autoridades competentes. Como resposta, no entanto, recebi apenas um telegrama vindo de Bellows Falls, que dizia o seguinte:

AGRADEÇO A POSIÇÃO, MAS VOCÊ NADA PODE FAZER. NÃO FAÇA NADA, POIS PODERIA PREJUDICAR A AMBOS APENAS. AGUARDE EXPLICAÇÕES.

HENRY AKELY

Mas o caso se complicava a olhos vistos. Depois de responder o telegrama, recebi uma nota trêmula de Akeley com a surpreendente notícia de que ele não apenas não tinha enviado o telegrama, como também não havia recebido a minha carta, à qual o telegrama seria obviamente uma resposta. Investigações feitas às pressas por ele em Bellows Falls revelaram que a mensagem foi enviada por um homem estranho, de cabelos louros e uma voz curiosamente grave e que mais parecia um zumbido, embora não tenha conseguido descobrir nada além disso. O funcionário mostrou a ele o texto original, rabiscado a lápis pelo remetente, mas a caligrafia era completamente desconhecida. Era de se notar que a assinatura estava errada – A-K-E-L-Y, sem o segundo "E". Certas conjecturas eram inevitáveis, mas, em meio à evidente crise, ele não parou para meditar sobre elas.

Akeley comentou sobre a morte de mais cães e sobre a compra de outros mais, e também sobre as trocas de tiros que tinham se tornado uma rotina em todas as noites sem luar. As pegadas de Brown e as pegadas de pelo menos mais uma ou duas figuras humanas usando calçados eram agora encontradas com regularidade entre as pegadas em forma de garras, tanto na estrada quanto nos fundos da casa. A situação, Akeley admitia, era bastante ruim. Era provável que em breve tivesse de ir morar com o filho na Califórnia, conseguisse ou não vender a casa antiga. Mas não era fácil deixar o único lugar onde se sentia em casa. Ele precisava tentar aguentar um pouco mais. Talvez conseguisse afugentar os invasores – sobretudo se desistisse abertamente de qualquer nova tentativa de desvendar seus segredos.

Escrevi imediatamente a Akeley e renovei minhas ofertas de ajuda. Falei mais uma vez em visitá-lo e ajudá-lo a convencer as autoridades de que ele estava em perigo. Na resposta, ele pareceu menos intransigente com relação a esse plano do que suas atitudes anteriores levavam a prever, mas disse que gostaria de esperar um pouco mais – o suficiente para colocar suas coisas em ordem e conformar-se com a ideia de deixar o local de nascimento que amava de forma quase mórbida. As pessoas olhavam com desconfiança para seus estudos e especulações, e seria melhor sair discretamente, sem deixar a região em polvorosa e criar dúvidas generalizadas quanto à sua saúde mental. Ele já tinha suportado o suficiente, admitia, mas, se possível, queria fazer uma partida digna.

Essa carta chegou a mim no dia 28 de agosto, e logo preparei e enviei a resposta mais encorajadora que consegui escrever. Aparentemente, o encorajamento surtiu efeito, já que Akeley relatou menos terrores quando agradeceu a minha carta. No entanto, ele não estava muito otimista, e manifestou a crença de que apenas a fase da lua cheia estava mantendo as criaturas a distância. Ele esperava que não houvesse muitas noites nubladas, e falou vagamente em alojar-se em algum lugar de Brattleboro quando a lua começasse a minguar. Mais uma vez, escrevi a ele em tom encorajador, mas, em 5 de setembro, recebi uma nova comunicação que sem dúvida cruzou com minha carta no correio. E, a essa comunicação, não pude dar nenhuma resposta esperançosa. Em vista da importância, acredito que devo transcrevê-la na íntegra – e tento reproduzir, da melhor forma possível, as memórias que guardo da caligrafia trêmula. Dizia basicamente o seguinte:

Segunda-feira
Caro Wilmarth,

Uma nota bastante desalentadora à minha última carta. A noite passada foi bastante nublada – embora sem chuva – e não houve sequer um raio de luar. As coisas foram bem ruins, e acho que o fim está próximo, não obstante nossas esperanças. Pouco depois da meia-noite, alguma coisa pousou no telhado da casa, e os cães todos correram para ver do que se tratava. Eu podia ouvi-los tentando morder e sair em disparada, até que um deles conseguiu chegar ao telhado, saltando da ala mais baixa. Houve uma luta terrível lá em cima, e ouvi um zumbido aterrorizante que nunca esquecerei. E então senti um cheiro repulsivo. Quase ao mesmo tempo, as balas começaram a entrar pela janela e quase me acertaram. Acho que a fila principal de criaturas das montanhas conseguiu se aproximar da casa quando os cães se dividiram por causa do tumulto no telhado. O que havia lá em cima, eu ainda não sei, mas temo que as criaturas estejam aprendendo a controlar melhor suas asas espaciais. Apaguei as luzes e usei as janelas como brechas e disparei em todas as direções, com o rifle apontado alto o bastante para não acertar os cães. Aquilo pareceu colocar fim ao problema, mas, pela manhã, encontrei grandes poças de sangue no pátio, além de poças de uma coisa verde e pegajosa que tinha o pior odor que já senti na vida. Subi no telhado e encontrei ali mais da substância pegajosa. Cinco dos cachorros estavam mortos – e temo que eu mesmo tenha acertado um deles por mirar muito baixo, já que ele foi atingido nas costas. Estou agora consertando as vidraças estilhaçadas pelos tiros e depois irei a Brattleboro a fim de providenciar mais cães. Imagino que os homens dos canis pensem que sou louco. Escreverei outra carta em breve. Acredito que estarei pronto para me mudar em uma semana ou duas, embora pensar nisso quase me mate.

Às pressas,
Akeley

Mas essa não foi a única carta de Akeley a cruzar a minha. Na manhã seguinte – 6 de setembro – recebi mais uma carta. Dessa vez, garranchos frenéticos que me deixaram transtornado ao extremo e sem saber o que dizer ou fazer. Mais uma vez, não posso fazer melhor do que citar o texto da forma mais fiel que minha memória permitir.

Terça-feira

As nuvens não se dissiparam, então não haverá lua mais uma vez - e estamos entrando na fase minguante, enfim. Eu providenciaria instalação elétrica para a casa e colocaria um holofote se não soubesse que eles cortariam os cabos tão rápido quanto eles pudessem ser consertados.
Acho que estou enlouquecendo. Pode ser que tudo que já escrevi a você seja um sonho ou loucura. As coisas já estavam bem ruins antes, mas desta vez foi demais. Eles falaram comigo na noite passada - falaram naquela maldita voz de zumbido e disseram coisas que não me atrevo a repetir a você. Eu os ouvia claramente, acima dos latidos dos cães. E em um momento em que foram abafados pelo barulho, uma voz humana os ajudou. Fique longe disso, Wilmarth - é pior do que você ou eu jamais suspeitamos. Agora não pretendem me deixar partir para a Califórnia. Querem me levar daqui vivo, ou melhor, em uma situação que teórica e mentalmente equivalha a estar vivo - não apenas para Yuggoth, mas além - querem me levar para além dos confins da galáxia e possivelmente para além da última fronteira do espaço. Eu disse a eles que não iria para onde eles querem, ou da forma terrível que sugerem me levar, mas temo que será inútil. Minha casa é tão afastada que eles podem vir durante o dia ou durante a noite e em breve. Mais seis cães mortos,

H.P. Lovecraft

e hoje senti que estava sendo observado em todas as partes da estrada ladeadas de florestas quando dirigi até Brattleboro. Foi um erro tentar enviar a você aquela gravação do fonógrafo e a pedra negra. Seria melhor que você destruísse a gravação antes que seja tarde demais. Escreverei novamente amanhã se ainda estiver aqui. Gostaria de conseguir levar meus livros e minhas coisas a Brattleboro e hospedar-me por lá. Eu fugiria sem levar nada se pudesse, mas alguma coisa dentro de minha mente me impede. Posso sair à francesa para Battleboro, onde estaria a salvo, mas sinto-me tão prisioneiro lá quanto sou em casa. E tenho a impressão de que não iria muito longe, mesmo se abandonasse tudo e tentasse. É horrível - não se envolva nisso.

Com estima,
Akeley

Não consegui dormir à noite toda depois de receber essa carta terrível e fiquei perplexo quanto ao que poderia restar de sanidade em Akeley. O conteúdo da nota era totalmente insano, mas, mesmo assim, a maneira como ele se expressava - em vista de tudo que tinha acontecido até então - tinha um caráter persuasivo poderoso e sinistro. Não tentei respondê-la, achando que era melhor esperar até que Akeley tivesse tempo de responder à minha última comunicação. Tal resposta, de fato, chegou no dia seguinte, embora as novidades que ela continha quase ofuscassem quaisquer dos pontos levantados pela carta que esta respondia.

Eis o que recordo do texto, rabiscado e borrado como estava, no curso de uma redação claramente frenética e apressada.

Quarta-feira
W-

Sua carta chegou, mas já não adianta mais discutir coisa alguma. Estou totalmente resignado. Fico admirado de ainda ter força de vontade suficiente para lutar contra eles. Não posso escapar, mesmo que estivesse disposto a deixar tudo para trás e sair correndo. Eles vão me pegar.
Recebi uma carta deles ontem - o funcionário da R.F.D. entregou-a enquanto eu estava em Brattleboro. Datilografada e postada em Bellows Falls. Conta o que querem fazer comigo - não consigo repetir. Tome cuidado! Destrua a gravação. As noites permanecem nubladas e a lua míngua a cada noite. Quiçá eu ousasse pedir ajuda - isso poderia fortalecer a minha autodeterminação -, mas todos que se atrevessem a vir aqui me chamariam de louco, a menos que houvesse alguma prova. Eu não poderia pedir às pessoas que viessem sem um motivo plausível - não tenho contato algum com ninguém, e há anos.
Mas ainda não contei o pior, Wilmarth. Prepare-se, porque isso o deixará chocado. Mas estou dizendo a verdade. É essa: eu vi e toquei uma das criaturas, ou parte de uma delas. Deus, homem, é um horror! Estava morta, é claro. Um dos cães a pegou, e eu a encontrei esta manhã, perto do canil. Tentei guardá-la no depósito de lenha para convencer as pessoas sobre

tudo isso, mas a coisa evaporou em poucas horas. Não sobrou nada. O senhor sabe, todas aquelas coisas nos rios foram vistas apenas na primeira manhã depois da inundação. E agora vem o pior. Tentei fotografá-la para você, mas quando revelei o filme não havia coisa alguma, exceto o depósito. Do que poderia ser feita a criatura? Eu a vi e a toquei, e todas elas deixam pegadas. Com toda a certeza, era feita de matéria - mas que tipo de matéria? A forma não pode ser descrita. Era um enorme caranguejo, com vários anéis carnudos em forma piramidal ou nós de uma coisa espessa e pegajosa, e coberta com antenas no lugar onde um homem teria a cabeça. A tal da coisa verde e pegajosa é o sangue ou linfa da criatura. E mais deles chegarão à Terra a qualquer minuto.

Walter Brown está desaparecido - não tem sido visto perambulando por nenhuma das vilas da região. Devo tê-lo acertado com um de meus tiros, embora as criaturas sempre pareçam tentar levar com eles seus mortos e feridos.

Cheguei à cidade esta tarde sem nenhum problema, mas temo que eles estejam começando a se afastar porque já têm certeza de que vão me pegar. Escrevo esta dos correios de Brattleboro. Talvez esta seja uma carta de adeus - se assim for, escreva para meu filho - George Goodenough Akeley, 176 Pleasant St., San Diego, Califórnia. Mas não venha para cá. Escreva para o garoto se não tiver notícias minhas em uma semana e fique atento aos jornais.

Agora jogarei minhas duas últimas cartas - se ainda tiver forças para isso. Primeiro, vou tentar envenenar as criaturas com gás (providenciei as substâncias químicas necessárias e máscaras para mim e para os cães). E então, se isso não funcionar, vou contar ao xerife. Podem me trancafiar em um hospício, se quiserem – seria melhor do que ficar à mercê das outras criaturas. Talvez eu consiga fazer com que prestem atenção às pegadas ao redor da casa – são tênues, mas posso encontrá-las todas as manhãs. Suponhamos, contudo, que a polícia diga que as forjei de alguma forma, já que todos eles pensam que sou uma figura esquisita.

Devo tentar que um policial do estado passe a noite aqui e veja com seus próprios olhos – embora tão logo tomem conhecimento do fato, as criaturas permanecerão afastadas nessa noite. Elas cortam meus cabos sempre que tento telefonar à noite – os funcionários da companhia acham tudo isso muito estranho, e pode ser que testemunhem a meu favor, se não imaginarem que eu mesmo os cortei. Já faz mais de uma semana que desisti de consertá-los.

Eu poderia pedir que alguns dos meus antigos empregados testemunhassem a meu favor sobre a realidade dos horrores, mas todos riem do que eles dizem e, de qualquer forma, eles se esquivam de minha casa há tanto tempo que nem sabem dos últimos acontecimentos. Você não conseguiria convencer nenhum dos fazendeiros miseráveis a chegar a um quilômetro de minha casa por nada nesse mundo. O carteiro escuta o que eles dizem e brinca comigo sobre isso – Deus! Se ao menos eu tivesse coragem de dizer a ele como tudo isso é real! Acho que vou tentar fazer com que ele veja as pegadas. Mas ele vem à tarde, e elas normalmente

já desapareceram nesse horário. Se eu preservar uma delas, colocando uma caixa ou uma panela, ele certamente pensará que é falsa ou então uma brincadeira. Quisera eu não ter me transformado nesse eremita, pois é por isso que as pessoas não aparecem mais por aqui como costumavam fazer. Nunca me atrevi a mostrar a pedra negra ou as fotografias ou a gravação a ninguém, a não ser aos mais ignorantes. Os outros diriam que forjei a coisa toda e não fariam outra coisa a não ser rir. Mas ainda posso tentar mostrar as fotografias. Elas mostram claramente as pegadas, mesmo que as criaturas que as fizeram não possam ser fotografadas. É uma pena que ninguém tenha visto aquela coisa nesta manhã, antes que ela desaparecesse!
Mas não sei se me importo. Depois de tudo que passei, um hospício é um lugar tão bom quanto qualquer outro. Os médicos talvez possam me ajudar a tomar a decisão de sair desta casa, e isso é a única coisa que poderá me salvar.
Escreva para meu filho George se não tiver notícias em breve.
Adeus, destrua a gravação e não se envolva nisso.

Com estima,
Akeley

Francamente, essa carta atirou-me ao mais profundo terror. Eu não sabia o que dizer em resposta, mas rabisquei algumas palavras incoerentes de conselho e encorajamento, e enviei pela remessa registrada. Eu me recordo de ter pedido encarecidamente a

Akeley que se mudasse para Brattleboro imediatamente e que se colocasse sob a proteção das autoridades. Acrescentei que iria àquela cidade com a gravação do fonógrafo e o ajudaria a convencer os tribunais de sua sanidade. Já era hora, também, acho que escrevi, de alertar as pessoas em geral a respeito da ameaça que os cercava. Deve ser observado que, nesse momento de tensão, minha própria convicção em tudo que Akeley havia contado e alegado era praticamente total, embora achasse que seu fracasso em obter uma fotografia do monstro morto não se devia a uma aberração da natureza, mas a algum deslize de sua parte, devido ao nervosismo.

H.P. Lovecraft

V

Então, aparentemente cruzando minha nota incoerente, na tarde de sábado, 8 de setembro, chegou a mim aquela carta curiosamente diferente e tranquilizadora, datilografada com esmero em uma máquina nova. Uma estranha carta reconfortante e convidativa, que deve ter marcado uma transição muito prodigiosa em todo o pesadelo das montanhas solitárias. Mais uma vez, transcreverei de memória – procurando, por razões especiais, preservar o máximo possível seu estilo. A carta fora enviada de Bellows Falls, e tanto a assinatura quanto o corpo dela estavam datilografados – como é comum acontecer com iniciantes na datilografia. O texto, contudo, estava incrivelmente bem redigido para um trabalho de principiante. E concluí que Akeley deve ter usado uma máquina em algum período anterior – talvez na universidade.

Seria razoável dizer que a carta me aliviou. No entanto, por trás desse alívio havia uma camada de desassossego. Se Akeley conservara o juízo perfeito diante do terror, estaria agora são em sua redenção? E o que seriam as "melhores relações" que mencionava? O que seria aquilo? A coisa toda implicava uma oposição diametral às atitudes pregressas de Akeley! Mas aqui está o conteúdo do texto, transcrito cuidadosamente de uma memória de que me orgulho.

Exmo. Sr. ALBERT N. WILMARTH
UNIVERSIDADE DE MISKATONIC ARKHAM, MASSACHUSETTS
Townshend, Vermont. Quinta-feira, 6 de setembro de 1928.

Meu caro Wilmarth,

É uma enorme satisfação poder tranquilizá-lo em relação a todas as bobagens que vinha escrevendo para o senhor. Digo "bobagens", embora me refira antes à minha reação assustada do que às descrições de certos fenômenos. Aqueles fenômenos são reais e bastante importantes. Meu erro foi estabelecer uma atitude anômala diante dos fatos.
Penso ter mencionado que meus estranhos visitantes estavam começando a tentar uma comunicação comigo. Na noite passada, essa comunicação concretizou-se. Em resposta a alguns sinais, recebi em minha casa um mensageiro das criaturas que estavam lá fora - um humano, devo me apressar em dizer. Ele me contou muitas coisas que nem o senhor nem eu sequer havíamos começado a imaginar e mostrou-me claramente que estávamos completamente errados e equivocados em relação ao propósito das criaturas siderais em manter uma colônia secreta neste planeta.
Parece que as terríveis lendas sobre o que elas ofereceram aos homens e o que pretendem com relação à Terra são resultado de um mal-entendido quanto a

H.P. Lovecraft

um discurso alegórico - um discurso, é claro, moldado por um cenário cultural e por formas de pensar muito diferentes de tudo o que podemos imaginar. Admito abertamente que minhas próprias conjecturas passaram tão longe do alvo quanto os palpites dos fazendeiros analfabetos e dos índios selvagens. Aquilo que eu havia tomado por algo mórbido, vergonhoso e infame é, na realidade, extraordinário e transcendental, e até mesmo glorioso - e minha avaliação anterior não foi mais do que uma fase da eterna tendência do homem a odiar, temer e evitar tudo o que é diferente.

Hoje me arrependo de todo o mal que causei a esses seres alienígenas e incríveis no decorrer de nossos conflitos noturnos. Se ao menos eu tivesse concordado em conversar de maneira pacífica e civilizada desde o início! No entanto, eles não guardam ressentimento, já que suas emoções são organizadas de uma forma muito diferente da nossa. Foi um infortúnio para eles terem tido como agentes humanos em Vermont alguns espécimes tão desprezíveis - o falecido Walter Brown, por exemplo. Ele foi o responsável por boa parte do meu preconceito contra eles. Na verdade, eles nunca fizeram mal aos homens, mas muitas vezes foram cruelmente injustiçados e espionados por nossa espécie. Existe todo um culto secreto formado por homens maus (um homem com sua erudição mística me entenderá quando os relaciono a Hastur e ao Símbolo Amarelo), devotados ao propósito de perseguir e abater essas criaturas em nome de poderes monstruosos de outras dimensões. É contra esses transgressores - e não contra a humanidade como um todo - que as precauções drásticas das criaturas siderais estão direcionadas. A propósito, tomei conhecimento de que muitas de nossas cartas extraviadas foram roubadas não pelas criaturas siderais, mas pelos emissários desse culto maligno. Tudo que as criaturas siderais desejam do homem é a paz, que não os molestem e que possamos estabelecer uma sintonia intelectual cada vez maior. Essa última faz-se absolutamente necessária agora que nossas invenções e aparelhos estão expandindo nosso conhecimento e nossos movimentos, tornando cada vez mais impossível a existência secreta dos postos avançados necessários às criaturas siderais neste planeta. Os seres extraterrestres desejam conhecer a humanidade mais a fundo e fazer com que alguns líderes filosóficos e científicos da humanidade saibam mais sobre eles. Com tal intercâmbio de conhecimento, todos os perigos serão deixados para trás e um modo de vida satisfatório será alcançado. A ideia de qualquer tentativa, por parte dos alienígenas, de escravizar ou destruir a humanidade é ridícula. Para dar início a essa melhor relação, as criaturas siderais escolheram-me - em vista do conhecimento já bastante considerável que tenho sobre elas - como seu primeiro intérprete na Terra. Muito me foi dito na noite passada - fatos de uma natureza das mais estupendas e esclarecedoras - e mais me será comunicado posteriormente, tanto na forma oral como na escrita. Por enquanto, não devo ser chamado a empreender nenhuma viagem ao espaço sideral, embora provavelmente deseje fazê-lo mais adiante - empregando meios especiais que transcendem tudo o que até agora nos habituamos a considerar como a experiência humana. Minha casa não será mais assediada. Tudo voltou ao normal, e os cães não terão mais ocupação. Onde antes havia terror, recebi uma dádiva abundante de conhecimentos e de aventura intelectual que poucos mortais já tiveram a oportunidade de compartilhar.

As criaturas siderais são, talvez, os seres orgânicos mais maravilhosos em todo o tempo-espaço e além dele - membros de uma raça cósmica da qual todas as outras formas de vida são meras variações degeneradas. São mais animais que vegetais, se é que estes termos podem ser aplicados ao tipo de matéria que os compõem, e têm uma estrutura semelhante aos fungos. Embora a presença de uma substância semelhante à clorofila e de um sistema nutritivo muito singular os diferenciem completamente de um fungo cromofítico verdadeiro. De fato, esse tipo é composto de uma forma de matéria totalmente alienígena à nossa porção do espaço - onde elétrons têm uma taxa de vibração totalmente diferente. É por isso que os seres não podem ser fotografados por filmes e placas comuns das câmeras do nosso universo conhecido, muito embora nossos olhos possam vê-los. Com o conhecimento adequado, contudo, qualquer bom químico poderia fazer uma emulsão fotográfica que registraria as imagens.

O gênero é único em suas habilidades de atravessar o vazio interestelar desprovido de calor e de ar com a forma corpórea completa, e alguns de seus mutantes não conseguem fazê-lo sem a ajuda mecânica ou de curiosos transplantes cirúrgicos. Apenas umas poucas espécies apresentam as asas resistentes ao éter, características essas da variedade encontrada em Vermont. As que habitam certos picos remotos no Velho Mundo foram trazidas de outras maneiras. A semelhança externa à vida animal e ao tipo de estrutura que entendemos como sendo física é uma questão que está mais relacionada à evolução paralela do que a qualquer parentesco. A capacidade cerebral de que são dotados ultrapassa a de qualquer outra forma de vida remanescente, embora os indivíduos alados presentes em nossas colinas não sejam, de maneira alguma, as formas mais desenvolvidas. Comunicam-se através da telepatia, embora sejam dotados de órgãos vocais rudimentares que, após uma cirurgia simples (esses procedimentos são algo muito corriqueiro e desenvolvido entre eles), conseguem reproduzir grosseiramente a fala de organismos que ainda se comunicam por meio dela.

A moradia principal das criaturas nas proximidades é um planeta ainda desconhecido e quase sem luz, nos confins do nosso sistema solar — está além de Netuno e é o nono planeta a partir do Sol. Trata-se, conforme imaginávamos, do objeto celeste conhecido misticamente como " Yuggoth" em certos escritos antigos e proibidos; e que em breve será cenário de uma estranha concentração de pensamentos focados no nosso mundo — em um esforço para facilitar nossa sintonia mental. Eu não ficaria surpreso se os astrônomos se tornassem sensíveis a essas correntes mentais a ponto de descobrir Yuggoth quando as criaturas siderais assim desejarem. Mas Yuggoth, claro, é apenas o pri-

H.P. Lovecraft

meiro passo. A maior parte das criaturas habita abismos organizados de uma forma estranha, totalmente além do alcance da imaginação humana. O glóbulo do espaço-tempo que reconhecemos como sendo toda a entidade cósmica não passa de um átomo na verdadeira infinidade, que pertence às criaturas siderais. E o máximo sobre essa infinidade que um cérebro humano for capaz de absorver será em algum momento revelado a mim, como aconteceu a não mais do que cinquenta outros homens desde que a raça humana existe.

Você pode pensar a princípio que isso é um desvario, Wilmarth, mas no momento oportuno compreenderá a oportunidade colossal na qual tropecei. Quero compartilhar com você tudo o que for possível e, para tanto, preciso contar-lhe milhares de coisas que não serão escritas no papel. No passado, pedi a você que não viesse me ver. Agora que tudo está bem, tenho prazer em retirar o impedimento anterior e convidá-lo para uma visita.

Você não poderia viajar para cá antes que o semestre na universidade começasse? Seria maravilhoso se pudesse. Traga com você a gravação do fonógrafo e todas as cartas que escrevi, para que possamos consultar os dados – podemos precisar deles para juntar as peças dessa incrível história. Você poderia trazer as fotografias também, já que parece que não sei onde deixei os negativos e as minhas cópias em meio à recente agitação. Mas que riqueza de informações tenho agora para acrescentar a todo esse material atrapalhado e especulativo – e que equipamento estupendo tenho para complementar minhas adições!

Não hesite – estou livre de espionagem agora, e você não encontrará nada sobrenatural ou perturbador. Apenas venha para cá e eu o buscarei de carro na estação de Brattleboro – prepare-se para ficar o quanto puder e para muitas noites de discussão sobre coisas que estão além da conjectura humana. Não diga nada a ninguém sobre isso, é claro – pois esse assunto não deve chegar ao público promíscuo.

O serviço de trem para Brattleboro não é ruim – e você poderá pegar uma tabela de horários em Boston. Pegue a B & M até Greenfield e ali faça a baldeação para completar o resto da viagem. Sugiro que pegue o trem das 16h10 em Boston. Ele chega a Greenfield às 19h35; e às 21h19 sai dali um trem que chega a Brattleboro às 22h01. Isso durante a semana. Diga-me quando virá, que estarei esperando na estação com meu carro. Perdoe-me a carta datilografada, mas minha caligrafia tem andado muito trêmula ultimamente, como você sabe, e não me sinto à altura de escrever longos trechos à mão. Comprei esta Corona ontem em Brattleboro. Parece estar funcionando muito bem. No aguardo de mais notícias e na esperança de vê-lo muito em breve com a gravação do fonógrafo e todas as cartas – e também as fotografias. Saudações cordiais.

Antecipadamente grato,

Henry W. Akeley

A complexidade das minhas emoções ao ler, reler e ponderar sobre essa estranha e inesperada carta está além de qualquer descrição adequada. Eu disse que fiquei ao mesmo tempo aliviado e apreensivo, mas isso expressa apenas de modo grosseiro as nuances de sentimentos contraditórios – e em grande parte subconscientes – que constituíam tanto o meu alívio quanto minha apreensão. Para começar, a carta era tão diametralmente contrária a toda a cadeia de horrores que a precederam – a mudança de humor, do terror absoluto para uma condescendência tranquila, e até mesmo alegria, era tão inesperada, tão súbita e tão completa! Eu mal conseguia acreditar que um único dia pudesse alterar de tal forma a perspectiva psicológica de alguém que havia escrito aquele comunicado final e frenético da quarta-feira, não importava o quão tranquilizadoras fossem as revelações que aquele dia pudesse ter trazido. Em certos momentos, uma sensação de irrealidades conflitantes me fazia pensar se todo aquele drama sobre forças fantásticas relatado a distância não seria uma espécie de sonho ilusório criado, em boa parte, dentro de minha própria imaginação. Depois pensei na gravação do fonógrafo e me entreguei a um aturdimento ainda maior.

    A carta parecia tão contrária a qualquer coisa que se pudesse esperar! Enquanto analisava minhas próprias impressões, notei que elas se dividiam em duas fases distintas. Primeiro, admitindo que Akeley encontrava-se em perfeitas condições mentais antes e que assim permanecia. A mudança indicada pela situação era brusca demais e inconcebível. E segundo, as mudanças na conduta, na atitude e na linguagem de Akeley estavam muito além do normal ou do previsível. Toda a personalidade do homem parecia ter passado por uma mutação insidiosa – uma mutação tão profunda que dificilmente se poderia reconciliar os dois aspectos com a suposição de que ambos representassem a mesma sanidade mental. A escolha das palavras, a ortografia – tudo era sutilmente diferente. E com minha sensibilidade acadêmica ao estilo da prosa, pude detectar profundas divergências em suas reações mais comuns e no ritmo de suas respostas.

Sem dúvida o cataclismo emocional ou a revelação que produziu uma mudança tão radical deve ter sido extrema, de fato! Por outro lado, a carta parecia bem típica de Akeley. A mesma paixão pelo infinito – a mesma curiosidade acadêmica. Não pude por um instante – ou pelo menos por não mais do que por um instante – dar crédito à ideia de fraude ou de uma substituição maligna. Mas o convite – a disposição para que testasse pessoalmente a veracidade da carta – não provava sua autenticidade?

Não fui para a cama no sábado à noite. Fiquei sentado, pensando nas sombras e nas maravilhas por trás da carta que havia recebido. Minha cabeça, que doía com a rápida sucessão de conceitos monstruosos que fora forçada a enfrentar ao longo dos últimos quatro meses, trabalhava sobre o novo e espantoso material, alternando-se entre a dúvida e a aceitação, e repetia a maioria dos estágios experimentados ao encarar os assombros de antes. Até que, bem antes do amanhecer, um interesse e uma curiosidade ardentes começaram a substituir a torrente de perplexidade e de inquietação do início. Louco ou são, transformado ou simplesmente aliviado, tudo indicava que Akeley, de fato, tivesse se deparado com uma mudança de perspectiva estupenda em sua perigosa pesquisa; uma mudança que ao mesmo tempo tornava menor o perigo em que se encontrava – real ou imaginário – e abria novos panoramas de conhecimento cósmico e sobre-humano. Meu próprio entusiasmo pelo desconhecido incendiou-se para igualar-se ao dele, e senti-me tocado pelo contágio daquela mórbida remoção de barreiras. Livrar-se das limitações enlouquecedoras e exaustivas do tempo, do espaço e das leis naturais – estar ligado à vastidão do universo – estar próximo dos segredos obscuros e abismais do infinito e do absoluto – sem dúvida, tais coisas justificavam colocar em risco a vida, a alma e a sanidade! E Akeley disse que não havia mais qualquer perigo – e convidou-me a visitá-lo em vez de pedir que me afastasse, como antes. Meu corpo formigava ao pensar nas coisas que ele poderia ter agora para me contar – havia uma fascinação quase paralisante na ideia de estar naquela fazenda solitária e até pouco tempo sitiada, em companhia de um homem que havia conversado com emissários do espaço sideral; de estar lá com a terrível gravação e a pilha de cartas nas quais Akeley havia resumido suas conclusões anteriores.

Então, no final da manhã de domingo, telegrafei a Akeley dizendo que o encontraria em Brattleboro na próxima quarta-feira, 12 de setembro – se aquela data fosse conveniente para ele. Divergi das sugestões dele em apenas um aspecto: quanto à escolha do trem. Honestamente, não me agradava a ideia de chegar àquela região erma de Vermont tarde da noite. Então, em vez de aceitar o trem que ele havia sugerido, telefonei para a estação e escolhi outro. Se acordasse cedo e pegasse o trem das 8h07 em Boston, poderia alcançar o trem das 9h25 para Greenfield e chegaria lá às 12h22. Isso me permitiria pegar o trem que chegaria a Brattleboro às 13h08 – um horário bem mais confortável do que dez horas da noite para encontrar Akeley e atravessar com ele as estradas apertadas entre aquelas montanhas cheias de segredos.

Mencionei minha opção no telegrama e fiquei satisfeito ao saber, na resposta que me chegou à tarde, que ela foi aprovada por meu futuro anfitrião. O telegrama dizia o seguinte:

ARRANJO SATISFATÓRIO. ENCONTRO TREM 13H08 QUARTA-FEIRA. NÃO ESQUEÇA GRAVAÇÃO, CARTAS E FOTOGRAFIAS. MANTENHA O DESTINO EM SEGREDO. ESPERE GRANDES REVELAÇÕES.

AKELEY

O recebimento dessa mensagem em resposta direta à outra enviada a Akeley – e necessariamente entregue em sua casa pela estação de Townshend, por um mensageiro oficial ou pelo serviço telefônico, que fora restabelecido – acabou com quaisquer dúvidas subconscientes que eu pudesse ter em relação à autoria da carta tão intrigante. Meu alívio foi grande – na verdade, foi maior do que eu poderia explicar àquela época; já que todas aquelas dúvidas tinham estado enterradas no fundo de meu ser. Naquela noite dormi tranquilo, e passei os dois dias seguintes ocupadíssimo com os preparativos da viagem.

H.P. Lovecraft

VI

Na quarta-feira, parti no horário combinado levando comigo uma valise cheia de objetos pessoais e de dados científicos, entre eles a hedionda gravação do fonógrafo, as fotografias e toda a pilha de correspondências enviadas por Akeley. Conforme me foi pedido, não disse a ninguém para onde estava indo; pois eu podia ver que o assunto exigia o mais absoluto sigilo, mesmo que tudo corresse bem. A ideia de estabelecer um contato mental com entidades alienígenas do espaço sideral já era bastante surpreendente para uma mente treinada e preparada como a minha; e, sendo assim, o que pensar de seus efeitos sobre a grande massa de leigos desinformados? Não sei dizer se era pavor ou expectativa pela aventura o sentimento que predominava em mim quando troquei de trem em Boston e comecei a percorrer o longo caminho em direção ao oeste, deixando para trás as regiões familiares e entrando em outras menos conhecidas. Waltham – Concord – Ayer – Fitchburg – Gardner – Athol.

Meu trem chegou a Greenfield com sete minutos de atraso, mas o expresso que fazia a conexão com o norte estava esperando. Depois de fazer a baldeação às pressas, senti uma curiosa falta de ar à medida que os vagões roncavam em meio ao sol do início da tarde rumo a territórios sobre os quais eu sempre havia lido, mas nunca visitara. Eu sabia que estava entrando em uma Nova Inglaterra mais antiquada e mais primitiva do que as áreas mecanizadas e urbanizadas do litoral e do sul, onde passei toda a minha vida. Uma Nova Inglaterra intocada e ancestral, sem estrangeiros e fumaça de fábricas, sem os cartazes ou as estradas de concreto das áreas tocadas pela modernidade. Haveria vestígios curiosos daquela contínua vida nativa cujas raízes profundas fazem dela uma continuação da paisagem original – a contínua vida nativa que mantém vivas estranhas memórias ancestrais e fertiliza o solo para crenças obscuras, maravilhosas e pouco comentadas.

Vez ou outra, eu via o rio Connecticut, azul e reluzindo sob o sol, e depois de passar por Northfield, o cruzamos. À minha frente, pairavam misteriosas colinas verdejantes, e quando o trocador entrou no vagão, percebi que estava finalmente em Vermont. Ele me disse para atrasar o relógio em uma hora, já que a região montanhosa do norte recusava-se a adotar as modernices de horários diferentes. Enquanto ajustava o relógio, parecia-me que estava, da mesma forma, voltando o calendário em um século.

O trem corria ao lado do rio e, do outro lado dele, em New Hampshire, eu podia ver se aproximar a elevação do íngreme Wantastiquet, cercado por inúmeras lendas singulares. Então apareceram ruas à minha esquerda, e uma ilha verdejante surgiu no riacho à minha direita. As pessoas se levantaram e foram em fila para a porta, e eu as segui. O vagão parou e desembarquei sob o longo teto da estação de Brattleboro. Olhando para a fila de carros que aguardavam, parei por um instante para ver qual seria o Ford de Akeley, mas fui reconhecido antes que pudesse tomar a iniciativa. E, contudo, estava claro que não era Akeley quem avançava em minha direção com a mão estendida e perguntava melodiosamente se seria eu, de fato, o senhor Albert N. Wilmarth, de Arkham. O homem em nada se parecia com o Akeley grisalho e barbado da fotografia; era uma pessoa mais jovem e mais urbana, com trajes da moda e um bigode pequeno e escuro. Sua voz educada tinha uma familiaridade estranha e quase perturbadora, embora eu não conseguisse lembrar onde a tinha ouvido antes.

Enquanto o examinava, ouvi-o explicar que era amigo de meu futuro anfitrião e que tinha vindo de Townshend no lugar dele. Ele me disse que Akeley tinha sofrido uma crise de asma e não se sentia bem para sair à rua. Mas não era nada grave e não haveria mudança de planos com relação à minha visita. Não consegui descobrir o quanto o tal senhor Noyes – foi assim que se apresentou – sabia a respeito das pesquisas e descobertas de Akeley, embora me tenha parecido que sua atitude casual passava a impressão de que não sabia de nada. Lembrando-me da natureza solitária de Akeley, fiquei um pouco surpreso diante da pronta disponibilidade de tal amigo; mas não deixei que a surpresa me impedisse de entrar no carro para o qual ele apontou. Não era o carro antigo e pequeno que eu esperava das descrições de Akeley, mas um modelo espaçoso e imaculado de fabricação recente – que, aparentemente, pertencia ao próprio Noyes, e tinha placas de Massachusetts com o divertido "bacalhau sagrado" daquele ano. Meu guia, concluí, devia ser um turista que estava passando o verão em Townshend.

Noyes entrou no carro ao meu lado e partiu imediatamente. Eu estava satisfeito por ele não insistir em conversar, porque alguma tensão peculiar na atmosfera fazia com que eu não estivesse disposto a falar. O vilarejo parecia muito atraente sob o sol da tarde, enquanto subíamos uma ladeira e virávamos à direita na rua principal. O lugar parecia estar adormecido, como as cidades mais antigas da Nova Inglaterra que lembramos da infância, e alguma coisa na disposição dos telhados, dos campanários, das chaminés e das paredes de tijolos formavam contornos que tocavam cordas profundas de uma emoção ancestral. Eu sabia que estava no portal de uma região parcialmente enfeitiçada pela superposição de acúmulos ininterruptos de tempo. Uma região onde coisas estranhas e antigas tiveram a chance de crescer e permanecer porque nunca foram perturbadas.

À medida que saíamos de Brattleboro, meu sentimento de constrangimento e de mau agouro aumentava, pois alguma coisa vaga naquele cenário montanhoso verde e granito, com encostas imensas, ameaçadoras e muito juntas fazia pensar em segredos obscuros e lembranças imemoriais que poderiam ou não ser hostis à raça humana. Por algum tempo, seguimos acompanhando um rio largo e raso que descia das colinas desconhecidas ao norte, e estremeci quando meu guia me disse que aquele era o Rio Oeste. Foi nesse riacho, eu me lembrava da notícia nos jornais, que uma das criaturas mórbidas parecidas com crustáceos tinha sido vista boiando depois da inundação.

Aos poucos, a paisagem ao nosso redor tornava-se mais selvagem e mais deserta. Nos espaços entre as colinas, antigas pontes cobertas sobreviviam de maneira assustadora à passagem do tempo, e a estrada de ferro semiabandonada que seguia paralela ao rio parecia irradiar uma visível aura de desolação. Havia grandes trechos de vales verdejantes, de onde se erguiam enormes colinas, onde o granito virgem da Nova Inglaterra se apresentava, cinza e austero, em meio à vegetação que subia até os cumes. Havia desfiladeiros onde riachos indomados saltavam, levando em direção ao rio os segredos inconcebíveis de milhares de picos inexplorados. Vez ou outra surgiam estradas estreitas e meio escondidas que abriam seu caminho entre florestas densas e exuberantes, cujas árvores ancestrais exércitos inteiros de espíritos elementais poderiam muito bem habitar. Ao vê-las, lembrei-me de como Akeley tinha sido molestado por agentes invisíveis ao passar por essa mesma rota e não me admirei que tais coisas pudessem existir.

O exótico e pitoresco vilarejo de Newfane, ao qual chegamos em menos de uma hora, foi a nossa última ligação com o mundo que o homem pode, com certeza, chamar de seu em virtude da conquista e da ocupação completa. A partir daquele ponto, abandonamos toda a lealdade a coisas imediatas, tangíveis e temporais, e mergulhamos em um mundo fantástico de irrealidade silenciosa, no qual o caminho estreito, assim como uma fita, subia e descia e fazia curvas com um capricho quase consciente e proposital em meio a picos verdejantes e ermos, e vales quase desertos. A não ser pelo som do motor e pelo fraco movimento nas poucas fazendas solitárias pelas quais passávamos em intervalos esparsos, o único som que chegava aos meus ouvidos era o ruído gorgolejante e insidioso das estranhas águas que corriam de incontáveis fontes ocultas em meio aos bosques ensombrecidos.

A proximidade e a intimidade com as colinas abobadadas que nos faziam parecer anões agora verdadeiramente tiravam-me o fôlego. Eram mais íngremes e abruptas do que eu havia imaginado pelos relatos que tinha ouvido e não pareciam ter nada em comum com o mundo prosaico e objetivo que conhecemos. As florestas densas e ermas naquelas encostas inacessíveis pareciam servir de abrigo para coisas alienígenas e incríveis, e tive a impressão de que o próprio contorno das montanhas guardava algum significado estranho e esquecido pela eternidade, como se fossem enormes hieróglifos deixados por uma suposta raça de titãs cujas glórias vivessem apenas nos sonhos mais raros e profundos. Todas as lendas do passado e todas as alegações aterradoras das cartas e documentos de Henry Akeley ressurgiram em minha lembrança para intensificar a atmosfera de tensão e de ameaça crescente. O objetivo de minha visita e as terríveis anormalidades que ela postulava atingiram-me de repente com um calafrio que quase fez esmorecer o meu ardor por estranhas investigações.

Meu guia deve ter notado a minha atitude perturbada; pois, quando a estrada ficou mais erma e mais irregular, e o nosso movimento mais lento e mais sacolejante, seus comentários agradáveis ocasionais estenderam-se para um fluxo de discurso mais constante. Falou sobre a beleza e os mistérios da região, e revelou alguma familiaridade com os estudos folclóricos do meu futuro anfitrião. Pelas perguntas educadas que me fez, ficou claro que ele sabia que a minha visita tinha algum propósito científico e que eu tinha comigo dados relevantes; mas não deu nenhum sinal de compreender a profundidade e o horror do conhecimento que Akeley enfim havia alcançado.

Os modos de Noyes eram tão afáveis, normais e refinados que seus comentários deveriam ter me acalmado e tranquilizado; mas, por estranho que pareça, senti-me ainda mais perturbado enquanto avançávamos aos solavancos pelo caminho inabitado e inexplorado em meio a colinas e florestas. Às vezes parecia que ele estava me interrogando para ver o que eu sabia sobre os monstruosos segredos da região, e a cada nova frase, a familiaridade vaga, provocativa e desnorteante em sua voz aumentava. Não era uma familiaridade normal e saudável, apesar da natureza completamente sadia e educada da voz. De alguma forma, eu a associava a pesadelos esquecidos e sentia que poderia enlouquecer se a reconhecesse. Se houvesse algum pretexto razoável, acho que teria dado meia-volta e desistido da visita. Mas quis o destino que eu não tivesse como desistir – e ocorreu-me que uma boa conversa científica com Akeley depois de minha chegada poderia ajudar a me recompor.

Além do mais, havia um elemento de beleza cósmica estranhamente tranquilizador na paisagem hipnótica pela qual subíamos e descíamos de maneira fantástica. O tempo se perdia nos labirintos às nossas costas, e ao nosso redor estendiam-se apenas as ondulações florescentes do reino das fadas e o encanto recuperado de séculos desaparecidos – os arvoredos antigos, as pastagens imaculadas, emolduradas por alegres flores de outono e, a intervalos esparsos, pequenas casas de fazenda marrons aninhadas entre enormes árvores sob precipícios verticais de roseiras bravas cheirosas e campos gramados. Até mesmo o sol assumia um encanto sobrenatural, como se alguma atmosfera especial ou algum encantamento cobrisse toda a região. Nunca tinha visto nada parecido, a não ser pelas paisagens mágicas que às vezes formam os fundos das telas de certas pinturas italianas. Sodoma e Leonardo conceberam tais paisagens, mas apenas à distância e através das abóbadas das arcadas renascentistas. Estávamos agora nos embrenhando, em carne e osso, pela névoa do quadro, e eu parecia encontrar naquela necromancia alguma coisa que sabia de maneira inata, ou que tinha herdado, e pela qual estivera sempre procurando em vão.

De repente, depois de contornar um ângulo obtuso no alto de uma ladeira íngreme, o carro parou. À minha esquerda, do outro lado de um gramado bem conservado que se estendia até a estrada e exibia um debrum de pedras caiadas, erguia-se uma casa branca com dois andares e sótão, de tamanho e elegância incomuns para a região, cercada por celeiros, galpões e um moinho atrás e à direita da casa, contíguos ou ligados por arcadas. Reconheci a casa no mesmo instante pelas fotografias que havia recebido e não fiquei surpreso ao ver o nome de Henry Akeley na caixa de correio de aço galvanizado próxima à estrada. A alguma distância atrás da casa estendia-se um terreno plano pantanoso e com árvores esparsas, atrás do qual elevava-se uma encosta íngreme e de mata densa que terminava em um cume escarpado e verdejante. Este último, eu sabia, era o pico da Montanha Sombria, que já devíamos ter escalado até a metade.

Depois de descer do carro e pegar minha valise, Noyes me pediu que esperasse enquanto ele entrava na casa para avisar Akeley de minha chegada. Acrescentou que tinha assuntos importantes para tratar em outro lugar e que não poderia se demorar por mais do que alguns minutos. Enquanto ele cruzava o caminho para a casa, desci do carro, desejando esticar um pouco as pernas antes de me embrenhar em uma conversa sedentária. Meu nervosismo e minha tensão atingiam o ápice outra vez agora que estava no real cenário da mórbida perseguição descrita de forma tão assustadora nas cartas de Akeley e, para ser sincero, eu temia as discussões que estavam por vir e que me ligariam a tais mundos alienígenas e proibidos.

O contato íntimo com o totalmente bizarro é quase sempre mais aterrorizante do que inspirador, e não me animei ao pensar que aquele mesmo pedaço de estrada poeirenta era o lugar onde aquelas monstruosas pegadas e a linfa verde e fétida tinham sido encontradas depois de noites sem luar de terror e morte. Com a mente absorta, notei que nenhum dos cães de Akeley parecia estar por ali. Será que vendera todos tão logo as criaturas siderais fizeram as pazes com ele? Por mais que tentasse, eu não conseguia ter a mesma confiança na profundidade e sinceridade daquela paz que aparecia na carta final e estranhamente diferente de Akeley. Afinal, ele era um homem muito simples e com pouca experiência mundana. Não haveria, talvez, algo escondido e insondável por trás daquela nova aliança?

Levado por meus pensamentos, meus olhos se voltaram para baixo, para a superfície da estrada poeirenta que guardava tantos testemunhos horrendos. Os últimos dias tinham sido secos, e rastros de todos os tipos marcavam o caminho irregular e cheio de sulcos, apesar da natureza pouco frequentada da região. Com uma vaga curiosidade, comecei a traçar o contorno de algumas impressões heterogêneas, tentando ao mesmo tempo reprimir os voos da macabra fantasia que o lugar e suas memórias sugeriam. Havia algo ameaçador e desconfortável na imobilidade fúnebre, no murmúrio abafado e sutil dos riachos distantes, e nos picos verdes amontoados e precipícios com florestas enegrecidas que se amontoavam no horizonte estreito.

E então uma imagem reluziu em minha consciência, o que fez com que as ameaças vagas e os voos da fantasia parecessem suaves e insignificantes. Eu havia dito que estava vasculhando as várias pegadas na estrada com uma curiosidade indolente – mas, de repente, essa curiosidade foi brutalmente substituída por um súbito e paralisante ataque de terror. Pois, embora os rastros na poeira fossem em geral confusos e sobrepostos de maneira a não atrair um olhar casual, minha visão irrequieta captou certos detalhes perto do lugar onde o caminho para a casa se juntava à estrada e reconheceu, acima de qualquer dúvida, o pavoroso significado daqueles detalhes. Não foi em vão, ai de mim, que me debrucei por horas sobre as imagens das pegadas em forma de garras das criaturas siderais que Akeley havia enviado. Eu conhecia muito bem as marcas daquelas garras horrendas, e aquela ambiguidade na direção que estampava os horrores como nenhuma criatura deste planeta. Não havia chance alguma de que eu estivesse enganado. Ali, de fato, em forma objetiva, diante de meus olhos e claramente feita há não muito tempo, estavam pelo menos três marcas que se destacavam pela natureza blasfema em meio à surpreendente abundância de rastros confusos que iam e voltavam da residência de Akeley. Eram os rastros infernais deixados pelos fungos de Yuggoth.

Consegui me recompor a tempo de sufocar um grito. Afinal, o que havia demais ali além do que eu já deveria esperar, presumindo que tinha realmente acreditado nas cartas de Akeley? Ele havia falado sobre ter feito as pazes com as criaturas. Por que, então, seria estranho que algumas delas tenham visitado a casa? Mas o terror era mais forte que a tranquilidade. Por acaso seria de se esperar que algum homem olhasse impassível, pela primeira vez, para as marcas em forma de garra de seres animados das profundezas do espaço sideral? E foi então que vi Noyes sair pela porta e se aproximar com passos apressados. Refleti que deveria manter o controle sobre mim mesmo, pois havia a chance de que esse amigo cordial nada soubesse sobre as sondagens mais profundas e mais estupendas de Akeley em terreno tão proibido.

Noyes se apressou em informar que Akeley estava feliz e pronto para me ver, embora a súbita crise de asma fosse impedi-lo de ser um anfitrião muito competente por um dia ou dois. Essas crises o debilitavam e eram sempre acompanhadas por uma febre incapacitante e fraqueza geral. Ele nunca se sentia muito bem quando elas apareciam – tinha que falar aos sussurros e tinha dificuldade para caminhar. Os pés e os tornozelos também ficavam inchados, de modo que ele tinha que enfaixá-los como se estivesse com gota. Hoje ele estava especialmente indisposto, então eu teria de cuidar das minhas próprias necessidades. Mas ele estava ansioso para conversar. Eu o encontraria no estúdio, à esquerda do saguão de entrada – a sala onde as persianas estavam fechadas. Ele precisava ficar na penumbra quando adoecia, já que seus olhos eram muito sensíveis.

Enquanto Noyes acenava em adeus e seguia em seu carro para o norte, comecei a andar devagar em direção à casa. A porta tinha sido deixada entreaberta para mim. Mas antes de me aproximar e entrar, olhei ao redor tentando decidir o que havia me causado tanta estranheza naquele lugar. Os celeiros e galpões pareciam um tanto prosaicos, e notei que o velho Ford de Akeley estava no abrigo amplo e desprotegido. Foi quando atinei para o motivo da estranheza. Era o silêncio total. Normalmente, uma fazenda tem pelo menos um pouco de ruídos, pelos vários tipos de criação, mas aqui todos os sinais de vida estavam ausentes. O que teria acontecido com as galinhas e os cães? As vacas, que Akeley dizia possuir em grande quantidade, poderiam estar fora pastando, e os cães poderiam ter sido vendidos. Mas a ausência de qualquer cacarejo ou de grunhidos era muito singular.

Não me detive por muito tempo no caminho. Entrei decidido pela porta aberta da casa e fechei-a atrás de mim. Isso me custou um enorme esforço psicológico, e agora que estava fechado ali dentro, sentia uma vontade momentânea de bater em retirada. Não que o lugar fosse sinistro no que dizia respeito à impressão visual. Pelo contrário, achei o gracioso vestíbulo no estilo pós-colonial de muito bom gosto e admirei o evidente requinte do homem que o decorou. O que me fazia querer fugir era algo muito indefinido e tênue. Talvez tenha sido o odor estranho que pensei ter sentido – embora soubesse que era comum a presença de certos odores de mofo mesmo nas melhores fazendas antigas.

VII

Recusei-me a deixar que esses receios nebulosos me dominassem. Lembrei-me das instruções de Noyes e abri a porta branca de seis painéis e maçaneta de latão à minha esquerda. A sala à minha frente estava escura, como me tinha sido informado. Ao entrar, notei que o odor estranho era mais forte ali. Da mesma forma, parecia haver no ar algum ritmo ou vibração tênue e quase imaginário. Por um momento, as persianas fechadas permitiram que eu enxergasse muito pouco, mas logo uma espécie de tossido ou murmúrio, em tom de desculpa, atraiu minha atenção para uma enorme poltrona, no canto mais distante e escuro da sala. Entre as sombras, avistei a mancha branca do rosto e das mãos de um homem. E no mesmo instante cruzei a sala para cumprimentar a figura que tentava falar. Embora a luz fosse muito fraca, percebi que aquele era realmente meu anfitrião. Eu havia estudado a fotografia repetidas vezes e não havia dúvida sobre aquele rosto firme, abatido pelo tempo e com a barba grisalha e rente.

Mas ao olhar novamente, esse reconhecimento misturou-se à tristeza e à ansiedade. Porque, com toda certeza, o rosto dele era o rosto de um homem muito doente. Senti que devia haver algo mais do que asma por trás daquela expressão tensa, rígida e imóvel, e do olhar vidrado. E percebi o quanto o esforço de sua experiência terrível devia tê-lo abalado. Aquilo tudo não teria sido o suficiente para destruir qualquer ser humano – até mesmo um homem mais jovem do que esse intrépido pesquisador do proibido? O estranho e súbito alívio, eu temia, tinha chegado tarde demais para salvá-lo de algo como um colapso geral. Havia alguma coisa de lamentável na maneira como suas mãos débeis e sem vida descansavam sobre o colo. Ele usava um roupão longo e solto, e tinha ao redor da cabeça e do pescoço um cachecol ou gorro amarelo vivo.

E então percebi que estava tentando falar no mesmo murmúrio com que me cumprimentou. Foi um sussurro difícil de entender no início, já que o bigode cinza escondia todo o movimento dos lábios, e algo no timbre da voz causava-me extrema perturbação. Mas concentrando minha atenção, pude logo entender com facilidade o que ele queria dizer. O sotaque não era de forma alguma rústico, e a linguagem era até mais polida do que a correspondência me levava a esperar.

"Senhor Wilmarth, presumo? Perdoe-me por não me levantar. Estou bem doente, como o senhor Noyes deve ter-lhe dito. Mas não pude resistir à ideia de tê-lo aqui. O senhor sabe o que escrevi em minha última carta – tenho muito para contar ao senhor amanhã, quando devo estar melhor. Não posso expressar o quanto estou contente por vê-lo pessoalmente depois de todas as cartas que trocamos. O senhor trouxe o arquivo, é claro? E as fotografias, e as gravações? Noyes colocou sua valise no saguão – suponho que a tenha visto. Por essa noite, temo que o senhor terá de cuidar de si mesmo. O seu quarto fica no andar de cima, exatamente em cima deste. E poderá ver a porta do banheiro aberta no topo da escada. Há uma refeição servida na sala de jantar, que fica na porta à direita. O senhor pode comer quando estiver com fome. Espero poder recebê-lo melhor amanhã, mas por hoje a fraqueza me torna inútil."

"Sinta-se em casa. O senhor pode deixar as cartas, as fotos e as gravações aqui na mesa de centro antes de subir com sua mala. É aqui que deveremos discuti-las – você pode ver meu fonógrafo naquele canto."

"Não, obrigado, não há nada que possa fazer por mim. Eu conheço esses males da velhice. Venha apenas me fazer uma pequena visita antes do anoitecer, e então vá se deitar quando desejar. Vou descansar aqui mesmo, talvez dormir aqui a noite toda, como sempre faço. Pela manhã estarei bem melhor para fazer as coisas que precisamos fazer. O senhor compreende, é claro, a natureza estupenda do assunto que temos diante de nós. Para nós, assim como para poucos homens nessa terra, serão revelados abismos de tempo e espaço e conhecimentos além de qualquer coisa dentro da concepção da ciência ou da filosofia humanas."

"O senhor sabe que Einstein está errado e que certos objetos e forças podem se mover com uma velocidade maior que a da luz? Com a ajuda adequada, espero poder avançar e retroceder no tempo e, na verdade, ver e sentir a Terra de épocas remotas do passado e do futuro. Você não pode imaginar a que ponto aqueles seres elevaram a ciência. Não há nada que eles não possam fazer com a mente e o corpo de organismos vivos. Espero visitar outros planetas e até mesmo

H.P. Lovecraft

outras estrelas e galáxias. A primeira viagem será para Yuggoth, o mundo mais próximo totalmente povoado pelos seres. É um globo estranho e escuro nos confins de nosso sistema solar – ainda desconhecido dos astrônomos terrestres. Mas eu devo ter escrito sobre isso. No momento oportuno, você sabe, os seres voltarão suas correntes de pensamentos em direção a nós e farão com que ele seja descoberto – ou talvez permitam que um de seus aliados humanos forneça uma pista para os cientistas."

"Existem grandes cidades em Yuggoth – grandes fileiras de torres com terraços, construídas com uma pedra negra como aquela que tentei enviar ao senhor. Aquela pedra veio de Yuggoth. Lá, o sol brilha não mais do que uma estrela, mas os seres não precisam de luz. Eles têm outros sentidos mais sutis, e não colocam janelas em suas enormes casas e templos. A luz, na verdade, até mesmo os fere, atrapalha e confunde, porque não existe no universo negro lá fora, além do tempo e do espaço, de onde os seres vieram originalmente. Uma visita a Yuggoth levaria qualquer homem fraco à loucura – mesmo assim, irei para lá. Os rios negros como piche que correm sob aquelas misteriosas pontes gigantescas – estruturas construídas por alguma raça antiga, extinta e já esquecida, antes que os seres chegassem a Yuggoth, vindos dos confins do vazio – seriam o bastante para transformar qualquer homem em um Dante ou um Poe, isso se fosse capaz de manter a sanidade por tempo suficiente para contar o que viu."

"Mas lembre-se – aquele mundo escuro de jardins fungoides e cidades sem janelas não é, em realidade, terrível. Apenas para nós é que pareceria assim. É provável que este nosso mundo também tenha parecido terrível para os seres quando o exploraram pela primeira vez, em épocas primitivas. Você sabe que eles estavam aqui muito antes que a fabulosa era de Cthulhu terminasse e se lembram de tudo sobre a cidade submersa de R'lyeh, quando ela ainda estava acima das águas. Eles estiveram também no interior da terra – existem aberturas sobre as quais os seres humanos não sabem – algumas delas aqui mesmo nas montanhas de Vermont – e grandes mundos de vida desconhecida lá embaixo. K'n-yan, de luz azul; Yoth, de luz vermelha; e N'kai, um mundo negro e sem qualquer luz. Foi de N'kai que veio o terrível Tsathoggua. O senhor sabe, a criatura-deus amorfa, que assume a forma de sapo, mencionada nos Manuscritos Pnakóticos, no *Necronomicon* e no ciclo mítico de Commoriom, preservado pelo sumo-sacerdote Klarkash-Ton de Atlanta."

"Mas falaremos sobre tudo isso mais tarde. Devem ser quatro ou cinco horas da tarde agora. Melhor trazer as coisas de sua mala, comer alguma coisa e depois voltar para uma conversa confortável."

Bem devagar, virei-me e comecei a obedecer meu anfitrião. Peguei a valise, retirei os objetos e coloquei-os sobre a mesa, e por fim subi para o quarto que me foi designado. Com a memória dos rastros em forma de garra que vi na estrada ainda fresca em minha mente, os parágrafos murmurados por Akeley me afetaram de uma forma muito estranha. E as insinuações de familiaridade com esse mundo desconhecido de vidas fungoides – o sinistro e proibido

Yuggoth – provocaram-me mais calafrios do que eu me dispunha a admitir. Eu estava tremendamente penalizado pela doença de Akeley, mas tinha de confessar que seu sussurro áspero tinha uma natureza tão repugnante quanto lamentável. Se ao menos ele não se regozijasse tanto ao falar sobre Yuggoth e seus segredos malignos!

Meu quarto era bastante agradável e bem decorado, livre do odor de mofo e da perturbadora sensação de vibração. E depois de deixar minha valise lá, desci novamente para cumprimentar Akeley e fazer a refeição que ele havia preparado para mim. A sala de jantar era bem ao lado do estúdio, e vi que a cozinha se estendia ainda mais na mesma direção. Sobre a mesa de jantar, uma farta quantidade de sanduíches, bolos e queijos esperava por mim, e uma garrafa térmica ao lado de uma xícara e um pires comprovava que o anfitrião não se esquecera do café quente. Depois de uma lauta refeição, servi-me de uma generosa xícara de café, mas percebi que o padrão culinário sofria de um lapso nesse detalhe. O primeiro gole revelou um gosto desagradável levemente acre, de forma que o coloquei de lado. Durante o jantar, eu pensava em Akeley sentado em silêncio na enorme poltrona na sala escura ao lado.

Fui até lá uma vez para pedir a ele que viesse dividir comigo a refeição, mas ele sussurrou que ainda não conseguiria comer nada. Que mais tarde, antes de dormir, tomaria um leite maltado – era tudo que conseguiria comer naquele dia.

Depois de comer, insisti em tirar a mesa e lavar os pratos na pia da cozinha – e aproveitei para despejar o café que não consegui tomar.

Depois retornei ao estúdio escuro, puxei uma cadeira para perto do canto onde estava meu anfitrião e me preparei para conversar sobre o que ele desejasse. As cartas, as fotografias e a gravação ainda estavam sobre a grande mesa do centro, mas por enquanto não precisaríamos delas. Em pouco tempo, esqueci-me até mesmo do odor bizarro e da curiosa impressão de vibração.

Eu já disse que havia coisas em algumas das cartas de Akeley – principalmente na segunda e mais volumosa – que eu não me atreveria a repetir ou sequer colocar no papel. Essa hesitação se aplica com ainda maior intensidade às coisas que o ouvi sussurrar naquela noite, na sala escura em meio às montanhas solitárias. Não consigo sequer insinuar a extensão dos horrores cósmicos que me foram revelados por aquela voz áspera. Ele tomara conhecimento de coisas aterrorizantes no passado, mas o que tinha descoberto desde que fez o pacto com as criaturas siderais era quase demais para ser tolerado pela sanidade humana. Até hoje me recuso terminantemente a acreditar no que ele sugeriu sobre a constituição do infinito supremo, sobre a justaposição de dimensões e a aterrorizante posição ocupada por nosso universo conhecido de espaço-tempo na interminável cadeia de átomos cósmicos interligados que compõem o supercosmo imediato de curvas, ângulos e organizações eletrônicas materiais e semimateriais.

H.P. Lovecraft

Nunca antes um homem são esteve tão perigosamente perto dos arcanos da entidade essencial – nunca um cérebro orgânico esteve tão perto da aniquilação total no caos que transcende a forma, a força e a simetria. Tomei conhecimento da origem de Cthulhu, e por que metade das grandes estrelas temporárias da história irrompeu em luz. Imaginei – pelas insinuações que levaram até mesmo meu anfitrião a fazer uma pausa tímida – o segredo por trás das Nuvens de Magalhães e das nebulosas globulares, e a verdade negra oculta pela alegoria imemorial do Tao. A natureza dos Doels me foi claramente revelada, e fui informado sobre a essência (embora não sobre a fonte) dos Cães de Tindalos. A lenda de Yig, o Pai das Serpentes, deixou de ser uma metáfora, e tive um sobressalto de aversão quando ele falou sobre o monstruoso caos nuclear além do espaço anguloso que o *Necronomicon* havia piedosamente ocultado sob o nome de Azathoth. Foi um choque ter os pesadelos mais tenebrosos dos mitos secretos revelados em termos tão concretos, cujo horror absoluto e mórbido ultrapassava até mesmo as mais ousadas insinuações dos místicos antigos e medievais. Inevitavelmente, fui levado a acreditar que os primeiros a murmurarem essas lendas amaldiçoadas devem ter tido contato com as criaturas siderais de Akeley e talvez visitado reinos cósmicos do espaço, como agora Akeley se propunha a visitar.

Akeley falou sobre a pedra negra e sobre o que ela significava, e fiquei aliviado por ela nunca ter chegado às minhas mãos. Minhas suposições sobre aqueles hieróglifos estavam todas corretas! E mesmo assim,

Akeley agora parecia ter se reconciliado com todo aquele sistema maligno em que tropeçou. Conformado e ávido por sondar ainda mais o monstruoso abismo. Fiquei imaginando com que seres ele teria conversado desde sua última carta, e se muitos deles eram tão humanos quanto aquele primeiro emissário que havia mencionado. A tensão em minha mente crescia insuportavelmente, e eu construí todo tipo de teorias insanas sobre aquele estranho e persistente odor e sobre as vibrações insidiosas no aposento escuro.

A noite estava caindo, e quando recordei o que Akeley havia escrito sobre aquelas noites anteriores, estremeci ao pensar que não haveria lua. Também não me agradava a forma como a fazenda ficava aninhada no centro daquela encosta colossal coberta por florestas que levavam ao pico da inabitada Montanha Sombria. Com a permissão de Akeley, acendi um pequeno lampião, diminuí a chama e o coloquei em uma estante afastada, ao lado do busto fantasmagórico de Milton. Mas logo depois me arrependi de ter feito isso, pois a luz fazia com que o rosto tenso e imóvel, e as mãos débeis de meu anfitrião parecessem anormais, demoníacos e cadavéricos. Ele parecia incapaz de mover-se, embora o visse fazer movimentos rígidos com a cabeça de vez em quando.

Depois de tudo o que me contou, eu mal podia imaginar que segredos profundos ele estaria guardando para o dia seguinte. Mas, por fim, foi revelado que sua viagem para Yuggoth e além – e minha possível participação nela – seria o tópico do dia seguinte. Akeley deve ter se divertido com meu sobressalto de horror ao ouvir a proposta de uma viagem cósmica, pois sacudiu a cabeça violentamente quando demonstrei meu pavor. Em seguida, ele falou com muita delicadeza sobre como os seres humanos conseguiriam realizar – e já tinham conseguido várias vezes – o aparentemente impossível voo através do vazio interestelar. Parecia que corpos humanos completos, de fato, não eram capazes de fazer a viagem, mas que as prodigiosas habilidades cirúrgicas, biológicas, químicas e mecânicas das criaturas siderais tinham encontrado uma forma de transportar cérebros humanos sem a estrutura física concomitante.

Havia uma maneira inofensiva de extrair um cérebro e uma maneira de preservar vivo o resíduo orgânico durante sua ausência. O material cerebral, puro e compacto, era então imerso em um fluido ocasionalmente reposto, dentro de um cilindro hermético feito com um metal minerado em Yuggoth, e provido de eletrodos que eram cuidadosamente conectados a instrumentos complexos capazes de duplicar as três faculdades vitais: da visão, audição e fala. Para os seres fungoides alados, carregar os cilindros cerebrais intactos através do espaço era uma tarefa simples. Então, em cada planeta coberto por sua civilização, eles encontrariam uma grande quantidade de instrumentos ajustáveis que poderiam conectar ao cérebro encapsulado. Desse modo, depois de pequenos ajustes, essas inteligências viajantes poderiam receber uma vida sensorial e articulada completa – embora incorpórea e mecânica – em cada estágio de sua viagem através e além do espaço-tempo continuum. Era tão simples como carregar uma gravação de fonógrafo por aí e reproduzi-la onde quer que exista um fonógrafo da mesma marca. Quanto ao sucesso da empreitada, não havia dúvidas. Akeley não estava com medo. Aquilo já não tinha sido realizado muitas e muitas vezes?

Pela primeira vez, uma das mãos inertes se levantou e apontou para uma prateleira no lado mais distante da sala. Lá, em uma fileira bem alinhada, estavam mais de doze cilindros de um metal que eu jamais tinha visto – cilindros de mais ou menos trinta centímetros de altura e diâmetro um pouco menor, com três soquetes curiosos dispostos em um triângulo isósceles na parte da frente da superfície convexa de cada um. Um deles estava conectado por dois dos soquetes a um par de máquinas de aparência singular que ficavam mais ao fundo. Quanto ao propósito daquilo, não era preciso que me falasse, e estremeci de arrepios. Então vi a mão apontar para um canto bem mais próximo, onde estavam alguns instrumentos intrincados, com fios e tomadas, vários deles muito parecidos com os dois equipamentos que estavam na estante, atrás dos cilindros.

"Há quatro tipos de instrumentos aqui, Wilmarth", sussurrou a voz. "Quatro tipos, três faculdades cada um, perfazendo um total de doze peças. Veja que há quatro tipos diferentes de seres representados naqueles cilindros lá em cima. Três humanos, seis seres fungoides, que não podem navegar pelo espaço com a forma corpórea, dois seres de Netuno (Deus! Se vocês pudessem ver o corpo que esse tipo tem em seu próprio planeta!), e os demais, entidades das cavernas centrais de uma estrela escura especialmente interessante que fica além dos confins da galáxia. No principal posto avançado, no interior da Montanha Redonda, você encontrará, de vez em quando, mais cilindros e máquinas – cilindros de cérebros extracósmicos com sentidos diferentes dos que conhecemos – aliados e exploradores do espaço sideral mais longínquo – e máquinas especiais para dar a eles, a um só tempo, impressões e expressões necessárias ao contato com diferentes tipos de interlocutores. A Montanha Redonda, como a maioria dos principais postos avançados dos seres por todos os universos, é um lugar bastante cosmopolita. É claro, consegui apenas os tipos mais comuns para meus experimentos."

"Veja. Pegue as três máquinas para as quais estou apontando e coloque-as em cima da mesa. Aquela mais alta com duas lentes de vidro na frente – depois a caixa com os tubos de vácuo e a placa de ressonância, e por último aquela com um disco de metal em cima. Agora, pegue o cilindro com a etiqueta B-67. Suba naquela cadeira Windsor para alcançar a estante. Pesada? Não importa! Confira o número: B-67. Não se importe com aquele cilindro mais novo e brilhante ligado aos dois instrumentos de teste – aquele que tem o meu nome. Coloque o B-67 em cima da mesa, perto de onde colocou as máquinas – e tenha certeza de que os botões dos três aparelhos estejam totalmente virados para a esquerda."

"Agora conecte o fio da máquina com as lentes ao soquete superior do cilindro... isso! Ligue a máquina do tubo ao soquete inferior do lado esquerdo, e o dispositivo com o disco ao soquete de fora. Agora gire os botões das três máquinas para a direita. Primeiro a das lentes, depois a do disco e por fim a do tubo. Está correto! Devo lhe dizer que este é um ser humano, como qualquer um de nós. Amanhã eu lhe darei uma demonstração de algumas das outras criaturas."

Até hoje não sei por que obedeci àqueles sussurros com tamanha servidão, ou se pensei que Akeley estava louco ou são. Depois do que havia acontecido antes, eu deveria estar preparado para qualquer coisa. Mas aquela pantomima mecânica me parecia tão semelhante aos caprichos típicos de inventores e cientistas enlouquecidos que fez soar um acorde de dúvida que nem mesmo o discurso antecedente havia despertado. As insinuações de Akeley estavam além de qualquer crença humana – mas, ainda assim, não eram as outras coisas ainda mais ridículas e menos absurdas, apenas pela distância que as separava da prova concreta e tangível? Enquanto minha mente rodopiava em meio a esse caos, tomei consciência de um misto de ruídos de rangido e de rotação que vinha das três máquinas que estavam agora ligadas aos cilindros – rangidos que logo cederam a um silêncio quase absoluto. O que estaria prestes a acontecer? Será que eu ouviria alguma voz? E se assim fosse, que prova teria eu de que não se tratava de algum aparelho de rádio conectado de maneira inteligente a um interlocutor escondido, mas que nos observava de perto? Ainda agora não estou disposto a jurar que ouvi uma voz, ou que aquele fenômeno teve lugar diante de meus olhos. Mas algo certamente pareceu ter acontecido.

H.P. Lovecraft

Para ser claro e direto, a máquina com os tubos e a caixa de ressonância começou a falar, e com uma inteligência e precisão que não deixavam dúvida de que quem falava estava realmente presente e nos observando. A voz era alta, metálica, sem vida e claramente mecânica em todos os detalhes de sua produção. Era incapaz de inflexão ou de expressividade, mas falava com precisão e deliberação mortais.

"Senhor Wilmarth", disse a coisa, "espero não assustá-lo. Sou um ser humano como o senhor, embora meu corpo esteja agora descansando em segurança e recebendo tratamento revitalizante apropriado dentro da Montanha Redonda, a pouco mais de dois quilômetros a leste daqui. Mas eu estou aqui com vocês – meu cérebro está naquele cilindro e vejo, ouço e falo através desses vibradores eletrônicos. Em uma semana, estarei cruzando o vazio como já fiz muitas outras vezes, e espero ter o prazer da companhia do senhor Akeley. Desejaria poder ter a sua companhia também, pois o conheço de vista e pela sua reputação, e acompanhei com grande interesse sua correspondência com nosso amigo. Como é claro, sou um dos homens que se aliaram aos seres siderais que visitam nosso planeta. Encontrei-os pela primeira vez no Himalaia e ajudei-os de várias maneiras. Em troca, eles me proporcionaram experiências que poucos homens já tiveram."

"O senhor percebe o que significa quando digo que estive em trinta e sete diferentes corpos celestiais – planetas, estrelas escuras e objetos menos definíveis – incluindo oito fora de nossa galáxia e dois fora do círculo cósmico de espaço e tempo? Tudo isso não me prejudicou em nada. Meu cérebro foi removido de meu corpo por fissões tão hábeis que seria grosseiro chamar a isso de cirurgia. Os seres visitantes têm métodos que tornam essas extrações simples e quase normais – e o corpo não envelhece quando o cérebro está fora dele. O cérebro, devo acrescentar, é praticamente imortal, graças às suas faculdades mecânicas e uma nutrição controlada fornecida pela troca ocasional do fluido preservador."

"Considerando tudo, espero do fundo do coração que o senhor se decida a vir com o senhor Akeley e eu. Os visitantes estão ansiosos para conhecer homens de erudição como o senhor e para mostrar a eles os grandes abismos com os quais, à maioria de nós, em nossa ignorância, resta apenas sonhar. Pode parecer estranho à primeira vista encontrá-los, mas eu sei que o senhor está acima de se importar com isso. Acho que o senhor Noyes irá conosco, também – o homem que, sem nenhuma dúvida, trouxe o senhor para cá com o seu carro. Ele está entre nós há anos – suponho que tenha reconhecido sua voz como uma das que estavam na gravação que o senhor Akeley lhe enviou."

Diante de meu sobressalto, o interlocutor fez uma pausa momentânea antes de concluir:

"Portanto, senhor Wilmarth, cabe ao senhor decidir. Só desejo acrescentar que um homem com o seu amor pela estranheza e pelo folclore nunca deveria perder uma chance como essa. Não há nada a temer. Todas as transições são indolores. E há muito a aproveitar em um estado de sensações totalmente mecanizado. Quando os eletrodos são desconectados, simplesmente entramos em um sono cheio de sonhos vívidos e fantásticos."

"E agora, se o senhor não se importa, devemos adiar nossa sessão até amanhã. Boa noite. Por favor, peço que gire todos os botões para a esquerda. Não importa a ordem, embora o senhor possa deixar a máquina com as lentes para o final. Boa noite, senhor Akeley. Trate bem o seu convidado! Pronto para girar os botões?"

Isso foi tudo. Obedeci mecanicamente e desliguei todos os três botões, embora estivesse zonzo com tantas dúvidas sobre tudo o que tinha acontecido. Minha cabeça ainda girava quando ouvi a voz em sussurro do senhor Akeley dizer-me que eu poderia deixar todos os aparelhos em cima da mesa do jeito que estavam. Ele não teceu nenhum comentário em relação ao que havia acontecido, e, de fato, nenhum comentário poderia transmitir muito às minhas faculdades mentais já sobrecarregadas. Eu o ouvi dizer que poderia levar o lampião para o meu quarto e deduzi que desejava descansar sozinho no escuro. Sem dúvida, aquele homem precisava descansar, pois os esforços que tinha empreendido em seus discursos da tarde e da noite tinham sido tais que deixariam exaurido um homem no vigor da saúde. Ainda confuso, dei boa noite ao meu anfitrião e subi as escadas com o lampião em punho, embora tivesse comigo uma excelente lanterna de bolso.

Eu estava muito satisfeito por estar fora daquele estúdio com odor estranho e vagas impressões de vibração, mas, é claro, não pude me livrar de uma hedionda sensação de pavor, perigo e anormalidade cósmica quando pensei no lugar onde estava e nas forças com as quais me deparava. A região solitária e selvagem, a encosta negra e misteriosamente cheia de florestas erguendo-se tão perto atrás da casa. Os rastros na estrada, o sussurro doentio e imóvel na escuridão, os cilindros e as máquinas infernais e, acima de tudo, os convites para tão estranha cirurgia e viagens ainda mais estranhas – essas coisas, todas muito novas e em tal sucessão frenética, irromperam dentro de mim com uma força cumulativa que minou minha força de vontade e quase destruiu minha força física.

Descobrir que meu guia Noyes era o humano celebrante naquele monstruoso ritual sabático registrado na gravação do fonógrafo foi um choque à parte, embora antes já tivesse sentido uma familiaridade vaga e repelente em sua voz. Outro choque especial veio com minha própria atitude com relação a meu anfitrião, sempre que fazia uma pausa para analisá-la. Por mais que tivesse instintivamente gostado de Akeley pela forma como se revelava em suas correspondências, eu agora percebia que ele me inspirava uma repulsa bastante clara. Sua doença deveria ter despertado minha compaixão. Mas, ao contrário, ela me dava uma espécie de calafrio. Ele tinha uma aparência tão rígida, inerte e cadavérica – e aquele incessante sussurro era tão odiável e inumano!

Ocorreu-me que aqueles sussurros eram diferentes de qualquer coisa do gênero que eu já tivesse ouvido. Que, apesar da curiosa imobilidade dos lábios cobertos pelo bigode, eles tinham uma força latente e um poder de transmissão notáveis para a voz ofegante de um asmático. Eu conseguia entender o que ele me falava mesmo quando estava do outro lado da sala, e uma vez ou duas, pareceu-me que os sons fracos, mas penetrantes, representavam não tanto fraqueza, mas uma contenção deliberada – por qual razão, eu não pude imaginar. Desde o início, senti uma qualidade perturbadora no timbre. E agora que tentava refletir sobre o assunto, pensava que poderia atribuir essa impressão a um tipo de familiaridade subconsciente como aquela que me levou a achar a voz de Noyes tão indefinidamente ameaçadora. Mas quando ou onde, exatamente, eu poderia ter me deparado com a coisa que me causava tal sentimento, era mais do que eu podia dizer.

Uma coisa era certa: eu não passaria outra noite nesta casa. Meu fervor científico havia desaparecido em meio ao terror e ao assombro, e eu não sentia nada agora, a não ser um desejo de escapar daquela rede de morbidez e revelações horripilantes. Eu já sabia o bastante. Deve, de fato, ser verdade que estranhas ligações cósmicas existem – mas tais coisas certamente não são destinadas ao envolvimento de seres humanos normais.

Influências tenebrosas pareciam cercar-me e sufocar meus sentidos. Decidi que dormir estava fora de questão. Então, simplesmente apaguei o lampião e me atirei na cama completamente vestido. Sem dúvida era absurdo, mas fiquei preparado para qualquer emergência desconhecida. Segurava na mão direita o revólver que trouxera comigo e a lanterna de bolso na esquerda. Som algum vinha de lá de baixo, e eu podia imaginar que meu anfitrião estivesse sentado no escuro com aquela rigidez cadavérica.

Em algum lugar ouvi um relógio batendo, e fiquei grato pela normalidade do som. Aquilo me lembrou, contudo, de outra coisa que me perturbava sobre a região - a total ausência de vida animal. Com certeza, não havia animais de fazenda por ali, e agora eu percebia que mesmo os sons noturnos dos animais silvestres estavam ausentes. Exceto pelo gorgolejo sinistro das águas distantes e não visíveis, aquela imobilidade era anormal - interplanetária - e eu me pus a imaginar que praga intangível e astronômica poderia estar pairando sobre a região. Lembrei-me das antigas lendas que diziam que os cães e outros animais sempre odiaram as criaturas siderais, e pensei no que aqueles rastros na estrada poderiam significar.

VIII

Não me pergunte quanto tempo durou meu cochilo inesperado, nem quanto do que se seguiu não passou de um sonho. Se eu disser que acordei em um determinado momento e que ouvi e vi certas coisas, você dirá que, na verdade, eu não estava acordado. E que tudo não passou de um sonho até o momento em que saí correndo da casa, fui tropeçando até o galpão onde tinha visto o velho Ford e lancei mão daquele veículo antigo para uma corrida louca e sem rumo pelas montanhas assombradas que por fim me levaram – depois de horas sacolejando e serpenteando por labirintos em meio à floresta ameaçadora – a uma vila que descobri ser Townshend.

É claro, você também desconsiderará todo o resto de meu relato e declarará que todas as fotografias, as gravações, os cilindros e gravadores, e as evidências relacionadas não passaram de pura fraude, armada para mim pelo desaparecido Henry Akeley. Poderá até mesmo insinuar que meu anfitrião conspirou com outros excêntricos para levar a cabo uma mentira tola e complicada – que ele mesmo retirou a encomenda do expresso em Keene e que teve a ajuda de Noyes para fazer aquela terrível gravação no cilindro de cera. É estranho, no entanto, que Noyes nunca tenha sido identificado. Que fosse desconhecido em qualquer das vilas próximas à fazenda de Akeley, ainda que frequentasse bastante a região. Eu queria ter parado para memorizar as placas do carro – ou talvez tenha sido melhor assim, no final. Porque, apesar de tudo que você possa dizer, e a despeito de tudo que às vezes tento dizer a mim mesmo, eu sei que terríveis influências alienígenas devem estar à espreita lá, nas montanhas quase desconhecidas – e que essas influências têm espiões e emissários no mundo dos homens. Manter-me o mais longe possível dessas influências e desses emissários é tudo que peço à vida para o futuro.

Quando minha frenética história convenceu o xerife a enviar um destacamento à fazenda, Akeley tinha desaparecido sem deixar traços. O roupão largo, o cachecol amarelo e as bandagens que usava nos pés estavam no chão do estúdio, perto de sua poltrona de canto, e foi impossível saber se qualquer outra coisa tinha desaparecido com ele. Os cães e as criações estavam, de fato, desaparecidos, e havia alguns buracos de bala curiosos tanto no exterior da casa quanto em algumas paredes internas. Mas, além disso, nada de anormal foi detectado. Nenhum cilindro ou máquina, nenhuma das evidências que eu havia trazido em minha valise, nenhum odor estranho ou sensação de vibração, nenhum rastro na estrada e nenhuma das coisas problemáticas que presenciei nos momentos finais de minha estada.

Permaneci uma semana em Brattleboro depois de minha fuga, fazendo investigações entre pessoas de todos os tipos que tinham conhecido Akeley. E os resultados me convenceram de que o assunto não foi fruto de um sonho ou de uma alucinação. A estranha aquisição de cães, munições e produtos químicos de Akeley, e o corte dos cabos de seu telefone eram fatos registrados. Enquanto todos que o conheceram – incluindo seu filho da Califórnia – admitiam que seus comentários ocasionais sobre seus estudos estranhos tinham uma certa consistência. Cidadãos de boa reputação acreditavam que ele era louco e sem nenhuma hesitação declaravam que todas as evidências relatadas eram uma simples farsa inventada com astúcia insana e talvez com a ajuda de associados excêntricos. Mas os camponeses mais humildes sustentavam suas afirmações em cada detalhe. Akeley havia mostrado a alguns desses rústicos suas fotografias e a pedra negra, e tinha reproduzido a hedionda gravação para eles. E todos eles disseram que os rastros e as vozes com zumbido eram como aquelas descritas nas lendas ancestrais.

Disseram, também, que visões e sons suspeitos tinham sido notados cada vez com mais frequência nos arredores da casa de Akeley depois que ele encontrou a pedra negra, e que aquele local era agora evitado por todos, exceto pelo carteiro e outras pessoas casuais e céticas. Tanto a Montanha Sombria como a Montanha Redonda eram notadamente conhecidas como lugares assombrados, e não pude encontrar ninguém que já as tivesse explorado. Desaparecimentos ocasionais de nativos eram bastante documentados na história do distrito, e estes agora incluíam o andarilho Walter Brown, que as cartas de Akeley tinham mencionado. Cheguei inclusive a encontrar um fazendeiro que pensava ter visto pessoalmente um dos corpos estranhos na época das inundações no Rio Oeste, mas a história dele era muito confusa para ser levada em consideração.

Quando deixei Brattleboro, decidi nunca mais voltar a Vermont, e tinha certeza de que manteria minha decisão. Aquelas montanhas selvagens são certamente o posto avançado de uma terrível raça cósmica – e duvido disso cada vez menos desde que li que um novo nono planeta foi descoberto além de Netuno, tal como as criaturas disseram que seria avistado. Os astrônomos, com uma propriedade hedionda que eles pouco suspeitam, chamaram-no "Plutão". Eu sinto, acima de qualquer dúvida, que se trata de nada menos que o sombrio Yuggoth – e tremo quando tento imaginar o real motivo pelo qual seus monstruosos habitantes desejam que ele se torne conhecido dessa maneira e nesse momento específico. Em vão tento tranquilizar-me de que essas demoníacas criaturas não estão aos poucos adotando uma nova política prejudicial à Terra e a seus habitantes.

Mas tenho ainda que contar o final daquela terrível noite na fazenda. Como já disse, eu realmente caí em um sono conturbado. Um sono repleto de pesadelos que envolviam paisagens monstruosas. Ainda não sei dizer exatamente o que me despertou, mas tenho absoluta certeza de que acordei nesse exato momento. Minha primeira impressão confusa foi a de rangidos nas tábuas do assoalho do corredor, do lado de fora de meu quarto, e de movimentos desajeitados e abafados na tranca. Contudo, isso cessou quase que imediatamente, de modo que minhas impressões realmente claras começam com as vozes que ouvi no estúdio lá embaixo. Parecia haver várias pessoas falando e julguei que estavam engajadas em uma discussão.

Depois de ouvir aquilo por alguns segundos, eu já estava totalmente desperto, porque a natureza das vozes era tal que tornava ridícula qualquer ideia de dormir. Os tons eram curiosamente variados, e ninguém que tivesse ouvido àquela maldita gravação do fonógrafo poderia abrigar qualquer dúvida quanto à natureza de pelo menos duas das vozes. Hedionda que fosse a ideia, eu sabia que estava debaixo do mesmo teto que abrigava criaturas inomináveis vindas do espaço abismal. Pois aquelas duas vozes eram, inconfundivelmente, os zumbidos blasfemos que as criaturas siderais usavam em suas comunicações com os homens. As duas eram diferentes entre si – diferentes na altura, no sotaque e no ritmo. Mas eram ambas do mesmo tipo abominável.

Uma terceira voz, sem dúvida, vinha da máquina de ressonância, conectada a um dos cérebros extraídos que estavam nos cilindros. Havia tão pouca dúvida quanto a isso como com relação aos zumbidos. A voz alta, metálica e sem vida da noite anterior, com sua falta de inflexão e de expressão, a deliberação e a precisão impessoais, era inesquecível. Por um momento, não parei para questionar se a inteligência por trás daquela voz áspera era a mesma que antes falara comigo. Mas logo depois refleti que qualquer cérebro poderia emitir sons vocais da mesma qualidade se fosse ligado à mesma máquina produtora de fala. As únicas diferenças possíveis seriam a linguagem, o ritmo, a velocidade e a pronúncia. Para completar o colóquio medonho, havia duas vozes humanas – uma delas, a fala grosseira de um homem desconhecido e evidentemente rústico, e a outra era a voz suave com sotaque de Boston de meu ex-guia Noyes.

Enquanto eu tentava ouvir o que diziam as palavras que o assoalho antigo de tábuas grossas interceptava de modo tão frustrante, eu percebia uma grande agitação com ruídos e arranhões no cômodo abaixo; de modo que não pude deixar de ter a impressão de que o cômodo estava repleto de seres – muito mais do que os poucos cujas vozes consegui ouvir. A exata natureza desse alvoroço é extremamente difícil de descrever, já que existem muito poucas bases para comparação. Vez ou outra, as coisas pareciam se mover pela sala como se fossem entidades conscientes. O som de suas pisadas lembrava o choque entre duas superfícies duras – como o contato de superfícies mal encaixadas de chifre ou de borracha dura. Era assim, para usar uma comparação mais concreta, porém menos precisa, como se pessoas com sapatos de madeira largos e rachados se arrastassem cambaleando pelo chão polido de tábuas. Da natureza e da aparência dos responsáveis pelos sons, nem me importei em especular.

Logo percebi que seria impossível distinguir qualquer discurso na íntegra. Palavras isoladas – incluindo os nomes de Akeley e o meu – flutuavam em intervalos, principalmente quando proferidas pela máquina de ressonância. Mas o verdadeiro significado delas permanecia perdido por falta de um contexto. Hoje me recuso a formar qualquer conclusão definida a partir daquelas palavras, e mesmo o efeito aterrador que tiveram sobre mim foi mais de sugestão do que de revelação. Um conclave terrível e anormal, eu tinha certeza, estava tendo lugar abaixo de mim. Mas para que deliberações tenebrosas, eu não sabia. Era curioso como essa inquestionável sensação de estar diante de algo maligno e blasfemo me invadia, a despeito das garantias de Akeley de que os alienígenas eram amistosos.

Escutando com paciência, comecei a distinguir claramente as vozes, embora não pudesse entender muito o que qualquer uma delas dizia. Eu parecia perceber certas emoções típicas por trás da fala de alguns dos falantes. Uma das vozes com zumbido, por exemplo, carregava um inconfundível tom de autoridade, enquanto a voz mecânica, apesar da sonoridade e da regularidade artificiais, parecia estar em uma posição de subordinação e súplica. O tom de Noyes deixava transparecer uma atmosfera de conciliação. Quanto aos outros, não tive chance de tentar interpretar. Eu não ouvia o sussurro familiar de Akeley, mas sabia bem que um som como aquele jamais poderia atravessar o chão sólido de meu quarto.

Tentarei relatar algumas das palavras soltas e outros sons que pude captar, dando nome aos falantes da melhor forma que puder. As primeiras frases que consegui reconhecer vieram da máquina de ressonância.

(Placa de Ressonância): "... eu mesmo trouxe... devolvi as cartas e a gravação... um fim nisso... recebidas... ver e ouvir... danem-se vocês... força impessoal, afinal... cilindro novo e reluzente... grande Deus..."

(Primeiro zumbido): "... *quando paramos... pequeno e humano... Akeley... cérebro... dizendo...*"
(Segundo zumbido): "... *Nyarlathotep... Wilmarth... gravações e cartas... farsa barata...*"
(Noyes): "... *(uma palavra ou um nome impronunciável, possivelmente N´gah-Kthun)... inofensivo... paz... algumas semanas... teatral... já havia dito antes...*"
(Primeiro zumbido) "... *nenhum motivo... plano original... efeitos... Noyes pode observar... Montanha Redonda... cilindro novo... carro de Noyes...*"
(Noyes) "... *bem... todo seu... por aqui... descanso... lugar...*"
(Várias vozes simultâneas dizendo coisas incompreensíveis)
(Vários sons de passos, incluindo o som peculiar de sapatos de madeira ou de chocalho)
(Um tipo curioso de som de asas batendo)
(Som de um automóvel dando partida e se afastando)
(Silêncio)

Essa é a essência do que meus ouvidos trouxeram a mim enquanto eu permanecia estirado e rígido na cama do andar superior daquela fazenda assombrada em meio às colinas demoníacas – deitado com todas as minhas roupas, empunhando um revólver na mão direita e uma lanterna de bolso na esquerda. Como já disse, eu estava totalmente acordado; mas um tipo de paralisia obscura manteve-me inerte por muito tempo depois que os últimos ecos daqueles sons desapareceram. Escutei o tique-taque lento do velho relógio de madeira de Connecticut em algum lugar distante, e por fim percebi o ronco irregular de alguém que dormia.

H.P. Lovecraft

Akeley devia ter adormecido depois da estranha sessão, e eu realmente acreditava que ele precisava muito desse sono.

Mas decidir o que pensar ou o que fazer era mais do que eu podia exigir de minhas capacidades. Afinal, o que tinha ouvido além das coisas que as informações anteriores já não me tivessem levado a esperar? Eu já não sabia que os alienígenas inomináveis tinham agora livre acesso àquela fazenda? Sem dúvida, Akeley tinha sido surpreendido por uma visita deles. No entanto, alguma coisa naquele discurso fragmentado havia me dado calafrios imensuráveis, levantado as mais grotescas e terríveis dúvidas, e me feito desejar com fervor que eu fosse acordar e descobrir que tudo aquilo tinha sido um sonho. Acho que minha mente subconsciente deve ter capturado algo que minha consciência não havia reconhecido. Mas e quanto a Akeley? Ele não era meu amigo, e não teria protestado se pretendessem causar-me qualquer prejuízo? O ronco tranquilo lá embaixo parecia tornar ridícula toda a intensificação repentina de meus pavores.

Seria possível que Akeley tivesse sido forçado e usado como isca para trazer-me até as montanhas com as cartas, as fotografias e a gravação do fonógrafo? Será que aqueles seres pretendiam nos destruir porque sabíamos demais? Mais uma vez, pensei na mudança de situação abrupta e pouco natural que ocorrera entre a penúltima e a última carta de Akeley. Meu instinto me dizia que alguma coisa estava terrivelmente errada. Nada era o que parecia. Aquele café acre que recusei – será que não teria havido uma tentativa de alguma entidade oculta e desconhecida de me drogar? Eu tinha que falar com Akeley imediatamente e restabelecer seu senso de propósito. As criaturas o hipnotizaram com suas promessas de revelações cósmicas, mas agora ele tinha de ouvir a razão. Nós precisávamos sair dali antes que fosse tarde demais. Se faltasse a ele a determinação para se libertar, eu iria supri-la. Ou, se eu não conseguisse persuadi-lo a ir embora, pelo menos poderia ir embora sozinho. Com certeza, Akeley permitiria que eu tomasse emprestado seu Ford e que o deixasse em uma garagem em Brattleboro. Eu tinha visto o automóvel no galpão – a porta estava destrancada e aberta agora que o perigo tinha passado – e eu acreditava que havia uma boa chance de que ele estivesse pronto para ser usado. Aquela aversão momentânea que eu sentira por Akeley durante e depois da conversa da noite anterior tinha desaparecido. Ele estava em uma posição muito parecida com a minha, e devíamos nos unir. Conhecendo a condição debilitada de meu amigo, eu detestava ter que acordá-lo nessas conjunturas, mas sabia que precisava fazer isso. Eu não poderia permanecer nesse lugar até o amanhecer, da forma como as coisas estavam.

Por fim, eu me senti capaz de agir e espreguicei-me vigorosamente para recobrar o comando de meus músculos. Levantei-me com um cuidado mais impulsivo que intencional, encontrei e coloquei meu chapéu, peguei minha valise e desci as escadas com a ajuda da lanterna. Em meu nervosismo, eu mantinha o revólver empunhado em minha mão direita enquanto cuidava da valise e da lanterna com a esquerda. Por que eu tomava essas precauções eu não sei, realmente, já que eu estava a caminho de acordar o único outro ocupante da casa.

À medida que descia na ponta dos pés as escadas que rangiam, eu podia ouvir com mais clareza os roncos da pessoa que dormia, e notei que ele devia estar na sala à minha esquerda – a sala de estar em que não tinha entrado. À minha direita, estava a escuridão impenetrável do estúdio no qual ouvira as vozes. Abri a porta destrancada da sala de estar e tracei um caminho com a lanterna em direção à fonte dos roncos, e finalmente dirigi a luz para o rosto da pessoa que dormia. Mas no segundo seguinte, afastei a luz e dei início a uma retirada a passos de gato em direção ao saguão, e dessa vez meu cuidado vinha da razão e também do instinto. Porque a pessoa que dormia no sofá não era Akeley, e sim meu ex-guia Noyes.

Eu não conseguia imaginar qual era a real situação. Mas o bom senso me dizia que a coisa mais segura a fazer era descobrir o máximo que pudesse antes de acordar quem quer que fosse. Voltando ao saguão, fechei silenciosamente e tranquei a porta da sala de estar atrás de mim, dessa forma diminuindo as chances de acordar Noyes. Eu agora entrava com cautela no estúdio escuro, onde esperava encontrar Akeley, dormindo ou acordado, na grande poltrona de canto que, evidentemente, era seu lugar de descanso favorito. Enquanto avançava, os raios de minha lanterna capturavam a grande mesa de centro, revelando um dos cilindros infernais conectado às máquinas de visão e de escuta e com uma máquina de ressonância bem ao lado, pronta para ser conectada a qualquer momento. Esse, refleti, devia ser o cérebro encapsulado que ouvi falando durante a pavorosa conferência. E por um instante tive o impulso perverso de conectar a máquina de fala para saber o que diria.

O cérebro devia ter consciência da minha presença, já que os conectores de visão e audição não falhariam em perceber os raios de minha lanterna e o leve ranger do assoalho sob meus pés. Mas no fim, não me atrevi a mexer naquela coisa. Percebi distraidamente que se tratava do cilindro novo e reluzente com o nome de Akeley, que eu havia notado na prateleira mais cedo naquela noite e no qual meu anfitrião pedira que não mexesse. Ao recordar aquela cena, só posso lamentar minha timidez e desejar que tivesse feito o aparato falar. Deus sabe que mistérios e dúvidas horríveis e questões de identidade isso poderia ter esclarecido! Por outro lado, pode ter sido um ato de piedade ter deixado aquele cérebro em paz.

Da mesa, direcionei a lanterna para o canto onde imaginei que Akeley estivesse, mas, para minha perplexidade, descobri que a grande poltrona estava vazia de qualquer ocupante humano, acordado ou adormecido. Do assento ao chão, estava espalhado o familiar e volumoso roupão velho, e perto dele, no chão, estavam o cachecol amarelo e as enormes ataduras dos pés que eu tinha achado tão estranhas. Enquanto eu hesitava, lutando para pensar onde Akeley poderia estar e por que teria descartado de maneira tão repentina as roupas de enfermo, observei que o odor estranho e a sensação de vibração não estavam mais presentes na sala. Qual teria sido a causa daquilo? Curiosamente, ocorreu-me que só os tinha notado nas proximidades de Akeley. Aquelas sensações eram mais fortes onde ele ficava sentado, mas totalmente ausentes nos outros lugares, exceto na sala em que ele estava ou logo além da porta daquela sala. Fiz uma pausa, deixando que a luz da lanterna vagasse pelo estúdio escuro enquanto vasculhava o cérebro à procura de alguma explicação plausível para o rumo que as coisas tinham tomado.

Como eu desejaria ter deixado aquele lugar em silêncio antes de ter permitido que a luz da lanterna pousasse outra vez sobre a poltrona vazia! No entanto, aconteceu que não saí em silêncio, mas com um grito abafado que deve ter perturbado – embora não tenha despertado completamente – a sentinela que roncava adormecida do outro lado do saguão. Aquele grito e o ronco imperturbável de Noyes foram os últimos sons que ouvi naquela fazenda tomada pela morbidez, sob o cume coberto pela floresta escura da montanha assombrada – aquele foco de horror transcósmico em meio às montanhas verdes e solitárias e aos riachos que balbuciavam maldições de uma terra rústica e espectral.

Foi um milagre que não tenha derrubado a lanterna, a valise e o revólver em minha correria desabalada, mas de alguma forma não soltei nenhum deles. Na verdade, consegui sair daquela sala e daquela casa sem fazer mais nenhum barulho, arrastar a mim mesmo e meus pertences em segurança para dentro do Ford no galpão e colocar aquele veículo arcaico em movimento em direção a algum lugar desconhecido, porém seguro, em meio à noite negra e sem luar. A jornada que se seguiu foi um delírio digno de Poe ou de Rimbaud, ou dos desenhos de Doré, mas finalmente cheguei a Townshend. E isso é tudo. Se minha sanidade ainda não tiver sido abalada, sou um sujeito de sorte. Às vezes tenho medo do que os anos irão trazer, principalmente desde que aquele novo planeta Plutão foi descoberto de maneira tão curiosa.

Como mencionei, deixei que a lanterna voltasse à poltrona vazia depois de ter percorrido com ela toda a sala. E foi então que notei pela primeira vez a presença de certos objetos no assento, que não pude perceber antes devido às dobras largas do roupão vazio. Esses foram os três objetos que os investigadores não encontraram quando, mais tarde, vieram fazer uma busca na casa. E como eu disse no início, não havia nada neles que inspirasse horror visual. O problema estava no que eles me levavam a inferir. Até hoje tenho meus momentos de dúvida – momentos em que eu quase aceito o ceticismo daqueles que atribuem toda a minha experiência ao sonho, ao nervosismo e à ilusão.

As três coisas eram construções terrivelmente inteligentes de seu tipo e estavam guarnecidas com engenhosos grampos metálicos para prendê-los aos desenvolvimentos orgânicos sobre os quais não me atrevo a formar qualquer conjectura. Esperava com devoção que fossem produções artísticas feitas em cera por algum mestre das artes, apesar do que meus temores mais íntimos me diziam. Deus Todo-Poderoso! Aquele homem que sussurrava na escuridão com aquele odor mórbido e aquelas vibrações! Bruxo, emissário, mutante, alienígena... aquele medonho zumbido reprimido... e todo o tempo naquele cilindro novo e reluzente na estante... pobre diabo... "prodigiosas habilidades cirúrgicas, biológicas, químicas e mecânicas"...

Porque as coisas na poltrona, perfeitas até o último detalhe, os detalhes mais sutis de semelhança microscópica – ou, quem sabe, de identidade – eram a face e as mãos de Henry Wentworth Akeley.

Ele

Eu o vi em uma noite insone quando caminhava perdidamente para salvar minha alma e minha imaginação. Minha vinda a Nova York tinha sido um erro; pois ao considerar que eu estava em busca de maravilhas estonteantes e de inspiração nos inúmeros labirintos de ruas antigas que se entrelaçavam interminavelmente desde esquecidos pátios, praças e orlas marítimas até outros pátios, praças e orlas marítimas igualmente esquecidos, e nas torres e arranha-céus modernos e ciclópicos que se erguiam babilônicos e negros sob luas em quarto--minguante, na verdade encontrei apenas um sentimento de horror e opressão que ameaçava me dominar, paralisar e aniquilar.

A desilusão tinha sido gradual. Ao chegar pela primeira vez, avistei a cidade de uma ponte durante o pôr do sol, majestosa sobre as águas com seus incríveis cumes e pirâmides brotando como flores delicadas da névoa violeta dos charcos para brincar com as nuvens flamejantes e as primeiras estrelas do anoitecer. Então, janela por janela se iluminara acima da maré de luzes tremulantes, onde faróis oscilavam e deslizavam e buzinas soltavam acordes que lembravam latidos intimidadores, até que o céu se tornou um estrelado firmamento de sonho, com um aroma de música fantástica, e uno com as maravilhas de Carcassonne, Samarcand,

El Dorado e todas as gloriosas e quase lendárias cidades. Pouco depois fui levado através daqueles antigos caminhos de vielas sinuosas e passagens, tão caros em minhas fantasias, onde havia fileiras de casas de tijolos vermelhos georgianos com entradas ladeadas por pilares e encimadas por trapeiras com pequenas vidraças que piscavam para os sedãs dourados e os coletivos com janelas – e ao perceber que estava diante de coisas há tanto tempo desejadas, pensei que havia de fato conquistado os tesouros que fariam de mim um poeta.

Porém, o sucesso e a felicidade nunca chegariam. A luz extravagante do dia não me revelou nada além de miséria, desconexão e da nociva elefantíase de pedras propagando-se e elevando-se onde a lua insinuava encanto e magia antiga; e a multidão que fervilhava nessas ruas como um tropel era composta de forasteiros morenos atarracados, com o rosto hostil e os olhos enviesados, forasteiros astutos sem sonhos e sem afinidade com o entorno, que não poderiam significar coisa alguma para um homem de olhos azuis da antiga estirpe, que mantinha no coração o amor pelas alamedas verdes e campanários brancos do vilarejo da Nova Inglaterra.

Assim, em vez dos poemas que eu tanto almejava, tudo que conquistei foram a arrepiante escuridão e a inefável solidão; e por fim, vi a temível verdade que ninguém antes se atrevera a sussurrar – o inconfessável segredo dos segredos – o fato de que essa estridente cidade de pedra não é uma perpetuação sensível da Velha Nova York, assim como Londres é da Velha Londres e Paris da Velha Paris, mas está de fato absolutamente morta, com seu extenso corpo embalsamado sem perfeição e infestado por estranhas criaturas que nada têm a ver com a cidade como fora em vida. Após fazer essa descoberta, já não podia dormir em paz; embora tenha recuperado um pouco de tranquilidade resignada com o hábito que gradualmente adquiri de manter-me fora das ruas durante o dia para só aventurar-me a sair durante a noite, quando a escuridão traz à tona o pouco de passado que ainda paira como um espectro, e os velhos portões brancos lembram as robustas formas que um dia passaram através deles. Com esse alento, cheguei até a escrever alguns poemas, ainda refreando a ideia de voltar para casa para que minha gente não me visse como um homem sem honra que derrotado se arrastava de volta. Então, em uma noite insone, encontrei o homem. Foi num grotesco e oculto pátio da área de Greenwich, pois foi ali que em minha ignorância me estabeleci, já que tinha ouvido falar que aquele era o lar natural dos poetas e artistas. As antigas veredas e casas e o inesperado número de praças e pátios me encantaram verdadeiramente, porém quando percebi que os poetas e artistas eram sonoros embusteiros, cuja singularidade era insignificante e cujas vidas eram uma negação da genuína beleza que são a poesia e a arte, mantive-me ali apenas pelo amor por essas características veneráveis. Imaginava-as como teriam sido em seu apogeu, quando Greenwich era uma plácida vila ainda não engolida pela cidade; e nas horas antes do nascer do sol, quando todos os farristas já se tinham recolhido, eu costumava vaguear sozinho entre os enigmáticos e intrincados caminhos e refletir sobre os curiosos mistérios que as sucessivas gerações deviam ter depositado ali. Isso mantinha minha alma viva e inspirava alguns desses sonhos e visões que o poeta dentro de mim tanto necessitava.

O homem me abordou ao redor das duas horas, em uma nebulosa madrugada de agosto, enquanto eu estava cruzando uma série de pátios, cujo acesso se dava apenas por corredores mal iluminados entre prédios intercalados, que um dia fizeram parte de um complexo contínuo de pitorescas alamedas. Tinha ouvido vagamente falar sobre elas e percebi que não poderiam figurar em nenhum mapa dos dias de hoje; mas o fato de terem sido esquecidas, só fez aumentar meu apreço por elas, de modo que me esforcei por encontrá-las com o dobro do ímpeto que me era costumeiro. Agora que as tinha encontrado, minha ansiedade redobrara, pois algo na maneira como estavam dispostas insinuava que estas poderiam ser apenas algumas entre tantas outras similares ocultas, espremidas silenciosamente entre paredões vazios, cortiços desabitados, atrás de arcadas ainda não traídas por hordas de pessoas de língua estrangeira ou guardadas por artistas furtivos e pouco comunicativos cujas práticas não atraem a publicidade nem a luz do dia.

Ele tomou a liberdade de iniciar a conversa ao notar minha disposição e interesse por certas portas com aldravas no topo de escadas ladeadas por guarda-corpos de ferro e encimadas por bandeiras cujos vidros irradiavam um brilho pálido que iluminava minha face. Seu rosto, porém, estava na sombra, e ele usava um chapéu de abas largas que de certo modo estava de acordo com o capote antiquado que ele ostentava; mas eu havia ficado inquieto mesmo antes que ele me dirigisse a palavra. Tinha uma constituição física delgada; uma magreza quase cadavérica; e sua voz era extraordinariamente suave e vaga, embora não particularmente profunda. Segundo disse, ele já me havia notado diversas vezes durante minhas andanças; e concluiu que eu me parecia com ele no apreço pelos vestígios de outras épocas. Não era para eu gostar da orientação de uma pessoa largamente experimentada em tais explorações e com informações locais muito mais aprofundadas do que um mero recém-chegado poderia sonhar em ter? Enquanto falava, vi de relance seu rosto iluminado por um feixe de luz amarelada vindo da janela solitária de um sótão. Era o semblante nobre de um idoso com boa aparência, que carregava os sinais de uma estirpe e de um refinamento incomuns para aquela época e lugar. Ainda assim, alguma característica me perturbava quase tanto quanto suas feições me agradavam – talvez ele fosse pálido demais, ou sem expressão demais, ou demasiadamente inadequado para a localidade para que eu me sentisse tranquilo e confortável. Apesar disso, eu o segui; pois naqueles dias melancólicos, minha busca por beleza e mistérios de tempos antigos era tudo que mantinha minha alma viva, e eu considerei que o destino me havia feito um raro favor aproximando-me ao acaso de alguém com interesses tão semelhantes aos meus, porém tão mais desenvolvidos.

Algo na noite compeliu o homem encapotado ao silêncio, e por uma longa hora ele me conduziu sem pronunciar palavras desnecessárias; fazia apenas os mais breves comentários relativos a nomes antigos, datas e mudanças, e guiava-me adiante principalmente através de gestos à medida que nos espremíamos por vãos, percorríamos corredores nas pontas dos pés, pulávamos muros de tijolos, e uma vez rastejamos por uma passagem baixa de pedra em forma de arco muito extensa, cujas intrincadas curvas levaram de mim qualquer senso de orientação que tinha conseguido preservar. As coisas que víamos eram muito antigas e maravilhosas, ou ao menos era o que me parecia enxergar através da luz muito esparsa, e não hei de esquecer nunca as cambaleantes colunas jônicas, as pilastras alongadas como flautas, os mourões de ferro com cântaros nas pontas e as luzentes janelas decorativas sobre as portas que pareciam tornar-se surpreendentemente mais exóticas à medida que avançávamos por esse infindável labirinto cuja antiguidade eu não podia precisar.

Não encontramos ninguém no caminho, e conforme o tempo passava as janelas iluminadas tornavam-se cada vez mais escassas. Inicialmente, os postes que iluminavam a rua eram a óleo, no antigo padrão de losangos. Mais adiante, notei que eram a velas; e finalmente, após meu guia - que usava luvas - conduzir-me pela mão na total escuridão em meio a um pátio horrível até um estreito portão de madeira num muro alto, chegamos ao trecho de uma viela em que a iluminação era feita apenas por uma lanterna a cada sete casas - inacreditáveis lanternas coloniais de latão, com topos em formato de cone e orifícios nas laterais. A pequena rua subia por uma elevação bastante íngreme – mais inclinada do que julgava ser possível encontrar nesta parte de Nova York – e seu cume estava bloqueado de modo evidente por um muro recoberto de heras, pertencente a uma propriedade privada, além do qual podia avistar uma cúpula e as copas de três árvores balançando contra uma remota claridade no céu. Naquele muro havia um pequeno portão de carvalho negro guarnecido com tachas, que o homem começou a destrancar com uma pesada chave. Guiando-me para dentro, ele traçou um curso pela total escuridão sobre o que me pareceu ser um caminho de cascalho, e finalmente por um lance de degraus de pedra até a porta da casa que ele destrancou e abriu para mim. Logo que entramos, quase desmaiei com o forte odor de mofo que se espalhava e nos invadiu, e que devia ser o resultado de deletérios séculos de abandono. Meu anfitrião parecia não se incomodar com isso e eu, por delicadeza, nada disse enquanto ele me conduzia por uma escadaria curva, que ficava no outro lado do vestíbulo, até uma sala cuja porta eu o ouvi trancar logo atrás de nós. Puxou as cortinas das três janelas com pequenas vidraças quadriculadas que mal se definiam contra a luminosidade do céu, aproximou-se da lareira em que riscou uma pederneira, acendeu duas velas de um candelabro de doze arandelas e com um gesto ordenou que falássemos baixo.

Mesmo com o fraco brilho pude ver que estávamos em uma biblioteca espaçosa e bem mobiliada do primeiro quarto do século 18, revestida com painéis de madeira, com esplêndidos frontões triangulares, uma encantadora cornija dórica e um ornamento magnificamente entalhado e com volutas e urnas sobre o consolo da lareira. Acima das prateleiras cheias, em distâncias regulares ao longo das paredes, havia retratos de família bem trabalhados; todos desvanecidos até uma obscuridade enigmática e exibindo uma inconfundível semelhança com o homem que agora me oferecia uma cadeira ao lado de uma graciosa mesa Chippendale*. Antes de sentar-se do outro lado da mesa, meu anfitrião se deteve por um momento, como se não se sentisse à vontade; depois, demoradamente retirou as luvas, o chapéu de aba larga e o capote, postou-se de maneira teatral em trajes de meados da era georgiana, desde o cabelo preso atrás, o rufo no pescoço, os culotes, as meias de seda até os sapatos com fivelas que eu não havia notado antes. Agora, acomodando--se lentamente numa cadeira com encosto em forma de lira, ele começou a me examinar com atenção.

Sem o seu chapéu, ele adquiriu um aspecto de extrema velhice que não era perceptível antes, e eu me perguntei se essa característica de longevidade tão peculiar que eu não havia notado era uma das fontes de minha inquietação. Quando ele falava mais demoradamente, sua voz suave, grave e especialmente abafada não raramente oscilava; e por vezes eu tinha grande dificuldade em acompanhá-lo enquanto ouvia o que

------

* Thomas Chippendale foi um marceneiro britânico que criou um estilo próprio de mobiliário em meados do século 18 e ganhou fama pelo mundo por seu desenho e execução impecáveis.

Ele

dizia com uma sensação de assombro e certo alarme que tentava negar, mas que crescia cada vez mais.

"O senhor vê diante de vossos olhos", meu anfitrião começou, "um homem de excêntricos hábitos que não haverá de desculpar-se por seus trajes diante de um homem com vossos conhecimentos e inclinações. Ponderando sobre tempos melhores, não tive escrúpulos em averiguar seus caminhos e adotar seu vestuário e seus costumes; um deleite que não há de ofender outrem se praticado sem ostentação. Foi minha boa fortuna ter podido manter a propriedade rural de meus antepassados, área que fora engolida por duas cidades: primeiro, Greenwich, que se formou depois de 1800, e depois, Nova York, que se uniu por volta de 1830. Havia muitas razões para a atenta manutenção do legado na família, e eu não fui negligente no cumprimento de minhas obrigações. O cavalheiro que herdou a propriedade em 1768 estudou certas artes e fez certas descobertas, todas elas conectadas a influências presentes neste particular lote de terra e que por essa razão mereciam ser guardadas com o maior zelo. Alguns efeitos curiosos dessas artes e descobertas atrevo-me agora a exibir-vos sob o mais restrito segredo; e creio poder confiar em meu julgamento sobre os homens ao não questionar vosso interesse ou vossa lealdade".

Ele fez uma pausa, e eu fui capaz apenas de concordar com a cabeça. Eu havia dito que estava ficando alarmado, contudo para minha alma nada era mais mortal do que o mundo material de Nova York à luz do dia, e fosse aquele homem um mero excêntrico ou um mestre de artes ocultas eu não tinha outra escolha a não ser segui-lo e disfarçar meu assombro a cada nova revelação. Então, eu o escutei.

"Para... o meu antepassado", ele continuou com voz rouca, "havia qualidades notáveis nos propósitos da humanidade; qualidades que exerciam um quase insuspeito domínio sobre os atos dos próprios indivíduos, bem como sobre todos os tipos de forças e substâncias da natureza e muitos elementos e dimensões considerados mais universais do que a própria natureza. Poderia dizer-lhe que ele zombava da santidade de coisas tão importantes como o espaço e o tempo, e se dedicava a estranhas práticas rituais de certos índios peles-vermelhas mestiços que um dia acamparam sobre essa colina? Os índios mostraram-se furiosos quando este lugar foi construído e vinham como uma praga pedir para visitar as terras a cada lua cheia. Por anos eles saltavam furtivamente sobre o muro sempre que conseguiam, e clandestinamente praticavam alguns atos. Então, em 68, o novo proprietário surpreendeu-os em seus atos e ficou perplexo com o que vira. Depois disso, negociou com os índios e deu livre acesso à área em troca da revelação detalhada de suas práticas; assim, aprendeu que os avós desses índios tinham herdado parte de seus costumes de seus ancestrais peles-vermelhas e parte de um velho holandês nos tempos dos Estados Gerais*. Maldito seja, pois receio que aquele cavalheiro deva ter servido a eles um rum da pior qualidade - sem querer ou de propósito - e

------

*   Em inglês, States-General é o órgão legislativo bicameral dos Países Baixos. Sua convocação deu-se em meados do século XV.

Ele

uma semana após conhecer todo o segredo era o único homem vivo a possui-lo. Sois, cavalheiro, o primeiro estrangeiro a saber da existência de tal segredo, e não me teria atrevido a compartilhar tanto – os poderes – não houvésseis demonstrado tamanha curiosidade por essas cousas".

Tremia à medida que o homem tornava mais coloquial aquele modo peculiar de falar. Ele prosseguiu:

"Mas deveis saber, cavalheiro, que o proprietário obteve dos mestiços selvagens apenas uma pequena parte do conhecimento que alcançaria. Não foi em vão que viajara à Oxford nem foi por nada que falara com um velho boticário e um astrólogo em Paris. Ele estava, enfim, ciente de que todo o mundo nada mais é do que a fumaça de nossos intelectos; de difícil acesso para pessoas comuns, mas que os sábios podem tragar e expelir como uma nuvem do sofisticado tabaco da Virgínia. Aquilo que desejamos, podemos criar ao nosso redor; aquilo que não desejamos, podemos rechaçar. Não vou dizer que isso seja completamente verdadeiro enquanto matéria, mas é suficiente para proporcionar um belo espetáculo em boas ocasiões. Suponho que ficaríeis enlevado pela visão mais atraente de outros anos do que a vossa imaginação poderia permitir; portanto, peço-vos que refuteis qualquer temor ante aquilo que mostrarei. Vinde até a janela e permanecei em silêncio."

Meu anfitrião tomou minha mão para levar-me a uma das duas janelas do lado mais comprido da malcheirosa sala, e ao primeiro toque de suas mãos sem luvas eu gelei. Sua carne, embora seca e firme, era fria como o gelo, e eu quase recuei ao seu toque. Mas novamente pensei no imenso vazio e no horror da realidade, e bravamente preparei-me para segui-lo aonde quer que me levasse. Uma vez junto à janela, o homem abriu as cortinas de seda amarela e orientou meu olhar para a escuridão exterior. Por um momento não vi nada exceto uma miríade de minúsculas luzes dançando muito, muito distantes. Depois, como se em resposta ao insidioso gesto de meu anfitrião, o clarão de um lampejo quente preencheu o cenário e eu enxerguei um mar de extraordinárias folhagens – folhagens não poluídas e não mais os telhados que uma mente normal esperaria ver. À minha direita o rio Hudson resplandecia perversamente, e à distância eu via o reflexo insalubre de um vasto charco salgado constelado de vagalumes agitados. O clarão desvaneceu e um sorriso diabólico iluminou o rosto encerado de meu envelhecido necromante.

"Isso foi antes do meu tempo e antes do tempo do novo proprietário. Rogo-vos deixar-me fazer uma nova tentativa."

Eu estava abatido, mais abatido do que a detestável modernidade dessa maldita cidade me havia feito sentir.

"Meu bom Deus!", sussurrei. "Isso pode ser feito para qualquer período de tempo?" E quando ele balançou a cabeça afirmativamente e deixou à vista os tocos escuros do que um dia haviam sido seus dentes amarelados, agarrei-me às cortinas para evitar uma queda. Mas ele me amparou com suas terríveis garras frias como o gelo e mais uma vez fez o gesto insidioso.

Ele

Novamente o clarão surgiu – mas dessa vez num cenário não totalmente estranho. Era Greenwich, a Greenwich que costumava ser, com um telhado aqui e ali ou uma fileira de casas como as vemos hoje, porém com belas alamedas arborizadas, campos e gramados comuns. O charco ainda refletia atrás, porém mais adiante eu via os campanários do que era então toda a cidade de Nova York; eram as igrejas de Trinity, St. Paul e Brick, que pareciam dominar suas irmãs, e um leve nevoeiro da queima de lenha pairava sobre todo o conjunto. Respirei fundo, não tanto pela visão, mas sim pelas possibilidades que minha imaginação evocava de forma tão aterradora.

"O senhor poderia... se atreveria a ir mais longe?", perguntei apreensivo, e creio que ele compartilhou dessa apreensão por um instante, mas a diabólica expressão risonha voltou.

"Longe? O que meus olhos já viram transformar-vos-ia numa louca estátua de pedra! Para trás, para trás... para a frente, para a frente. Vede, tolo choramingão!" E enquanto ele pronunciava rispidamente a frase com seu forte hálito, ele repetiu o gesto que deu ao céu um clarão mais intenso do que qualquer um dos anteriores. Por três segundos inteiros eu pude vislumbrar essa cena pandemônica, e durante esse tempo vi um panorama que há de atormentar meus sonhos pelo resto da vida. Vi o firmamento infestado por estranhas coisas voadoras, e debaixo delas uma infernal cidade negra com gigantescos terraços de pedra com ímpias pirâmides lançadas brutalmente em direção à lua, e luzes demoníacas ardendo em incontáveis janelas. E como revoadas repugnantes por galerias aéreas, eu vi os amarelos olhos semicerrados dos habitantes dessa cidade, horrivelmente vestidos com roupas vermelhas e laranja, dançando insanamente ao som dos frenéticos timbales e dos obscenos crótalos, e também o lamento maníaco de abafadas cornetas das quais incessantes hinos fúnebres se originavam como ondas de um amaldiçoado oceano de betume.

Eu vi o cenário, como eu disse, e ouvi como se fosse com os ouvidos da mente a blasfema cacofonia que o acompanhava. Era o chiado de satisfação de todo o horror que essa cidade-cadáver havia atiçado em minha alma, e ignorando qualquer recomendação de silêncio eu gritei, gritei e gritei quanto meus nervos permitiam até fazer as paredes tremerem.

Depois, enquanto o clarão diminuía, vi que meu anfitrião também tremia; um olhar de medo e de choque havia disfarçado a distorção viperina da raiva que meus gritos tinham provocado. Ele cambaleou, agarrou-se às cortinas como eu havia feito antes e meneou a cabeça furiosamente como um animal capturado. Deus sabe que ele tinha razão, pois assim que os ecos de meus gritos cessaram, veio outro som tão diabolicamente sugestivo que quase levou minha sanidade e minha consciência, preservadas apenas graças a uma emoção entorpecida. Era o constante e furtivo rangido dos degraus atrás da porta trancada, como se uma horda com os pés descalços ou calçados com peles estivesse subindo; e finalmente, o intencional retinir da tranca de latão que brilhava à débil luz do candelabro. O velho homem me agarrava, e cuspia em mim através do ar bolorento enquanto vociferava e se inclinava para fechar a cortina amarela.

"A lua cheia... maldito! Maldito cão uivante... vós... vós os chamastes e eles vieram atrás de mim! Pés com mocassins... homens mortos... Deus levou vocês, seus diabos vermelhos, mas eu não envenenei o rum de vocês... não mantive sua maldita mágica a salvo? Vocês encheram-se de bebida até não poderem mais, malditos, e agora querem culpar o proprietário... sumam! Tirem as mãos dessa tranca... não tenho nada para vocês aqui."

Naquele ponto, três batidas secas e intencionais se ouviram à porta e uma espuma branca se formou na boca do mago enlouquecido. Seu susto, transformado em rigoroso desespero, cedeu lugar novamente à sua raiva contra mim; e ele ensaiou um passo em direção à mesa na qual me apoiava. As cortinas, ainda presas em sua mão direita enquanto sua mão esquerda tentava alcançar-me, ficaram cada vez mais estiradas até que finalmente caíram de seus suportes elevados, permitindo que a sala fosse inundada pela claridade daquela lua cheia que o brilho do céu pressagiara. Diante desses raios esverdeados, as luzes das velas empalideceram e um novo aspecto de decadência espalhou-se sobre a sala de odor almiscarado impregnado de mofo com seus painéis infestados de cupins, o assoalho prestes a ceder, o consolo da lareira carcomido, a mobília em estado precário e as tapeçarias em farrapos. Esse aspecto de decadência também dominou o velho homem, seja pela mesma origem, seja por seu medo e veemência, e eu o vi encolhendo e escurecendo enquanto tentava aproximar-se de mim e ferir-me com suas garras de abutre. Apenas seus olhos permaneciam iguais, e eles brilhavam com uma incandescência propulsora e dilatada que crescia enquanto o rosto ao redor deles chamuscava e definhava.

As batidas agora se repetiam com mais insistência, e dessa vez traziam indícios de metal. A coisa negra que estava diante de mim, tornara-se apenas uma cabeça com olhos que tentava em vão movimentar-se pelo assoalho em minha direção, soltando de vez em quando pequenos esputos de malícia imortal. Agora, golpes enérgicos e demolidores atingiam os já estragados painéis das paredes e eu pude ver o brilho de um machado atravessando a madeira. Fiquei imóvel, pois não conseguia me mexer; mas assisti pasmado à destruição da porta que depois de despedaçada permitiu o influxo disforme e colossal de uma substância repleta de olhos brilhantes e malévolos. Ela escorreu espessamente como um fluxo de petróleo brotando da fenda da antepara de um navio, derrubou uma cadeira em seu caminho e finalmente derramou-se por debaixo da mesa e através da sala onde a cabeça enegrecida com os olhos ainda me encarava. Finalmente, envolveu a cabeça, engolindo-a totalmente para em seguida começar a recuar, carregando a invisível carga sem me tocar e agora escorrendo na direção da porta e descendo pelos degraus da escada que ainda rangiam, embora meus ouvidos percebessem que era na direção contrária.

Então, o assoalho cedeu de vez e eu deslizei ofegante para uma câmara escura abaixo, sufocado por teias de aranha e quase desmaiando de pavor. A lua verde que brilhava pelas janelas quebradas permitiu-me ver a porta entreaberta do vestíbulo; e enquanto me punha de pé nesse piso repleto de pedaços de estuque e espanava os restos do teto que haviam caído sobre mim, vi passar uma horrível torrente negra com inúmeros e brilhantes olhos malignos. Estava procurando a porta do porão e, quando a encontrou, desapareceu por ela. Sentia agora que o assoalho deste aposento inferior seguia o mesmo caminho que o do piso de cima, e, subitamente, um estrondo vindo do alto foi seguido pela queda de algo que passou pela janela oeste, provavelmente a cúpula. Finalmente livre dos destroços, corri pelo vestíbulo em direção à porta de entrada e, vendo-me impossibilitado de abri-la, apanhei uma cadeira, quebrei uma janela e corri desvairadamente pelo descuidado gramado onde o luar pousava sobre o mato alto. O muro era alto e os portões estavam trancados, mas após empilhar algumas caixas que havia num canto, consegui escalar até o topo e agarrar-me à grande urna de pedra que o ornava.

Ao meu redor, exausto, podia ver apenas muros e janelas estranhas e telhados antigos. Não conseguia encontrar a ladeira por onde havia subido e o pouco que via desapareceu rapidamente sob a névoa que subia do rio, apesar do clarão da lua. Repentinamente, essa urna de pedra à qual havia me agarrado começou a tremer como se compartilhasse de meus temores; e em seguida senti meu corpo mergulhar rumo a um destino desconhecido.

O homem que me encontrou disse-me que devo ter rastejado por um longo tempo apesar de meus ossos quebrados, pois meu sangue deixara um rastro até onde seus olhos podiam avistar. Entretanto, uma chuva forte logo apagou os sinais que ligavam a cena a meu suplício, e os relatórios não podiam afirmar nada além do fato de eu ter surgido de um lugar desconhecido, na entrada de um pequeno pátio escuro da rua Perry.

Nunca mais considerei retornar àqueles tenebrosos labirintos, e jamais guiaria algum homem são até lá. Quem ou o que era aquela criatura eu não faço ideia, mas repito que a cidade está morta e cheia de horrores insuspeitos. Também não sei se ele se foi, de fato, para sempre; mas eu voltei para casa, para as puras veredas da Nova Inglaterra, onde fragrantes brisas marinhas sopram ao anoitecer.

Celephaïs

Em um sonho, Kuranes viu a cidade no vale, e mais além a costa, e o pico nevado fazendo sombra no mar, e as galeras de cores alegres que saem do porto rumo às regiões longínquas onde o mar encontra o céu. Foi também num sonho que recebeu o nome de Kuranes, pois em vigília era chamado por outro nome. Talvez fosse natural que sonhasse outro nome; pois ele era o último remanescente da família, sozinho em meio à multidão indiferente em Londres, e não havia muitas pessoas para falar-lhe e lembrá-lo de quem fora. O dinheiro e as terras haviam ficado para trás, e ele não se importava com as outras pessoas, mas preferia sonhar e escrever sobre os sonhos. Esses relatos suscitavam o riso em quem os lia, de modo que, passado algum tempo, guardava-os para si mesmo, e por fim parou de escrever. Quanto mais se afastava do mundo ao redor, mais exuberantes tornavam-se os sonhos; e seria inútil tentar descrevê-los no papel. Kuranes não era moderno e não pensava como outros escritores. Enquanto eles tentavam arrancar o manto encantado que recobre a vida e mostrar uma realidade abjeta em todo o seu horror, Kuranes só se preocupava com a beleza. Quando a verdade e a experiência não eram suficientes para evocá-la, ele a buscava na fantasia e na ilusão, e a encontrava batendo à porta, em meio a lembranças nebulosas de histórias infantis e sonhos.

Poucas pessoas conhecem as maravilhas que as histórias e visões da infância são capazes de revelar; pois quando ainda crianças escutamos e sonhamos, pensamos meros pensamentos incompletos, e uma vez adultos tentamos relembrar, sentimo-nos prosaicos e embotados pelo veneno da vida. Mas há os que acordam na calada da noite com estranhas impressões de morros e jardins, de chafarizes que cantam ao sol, de penhascos dourados suspensos sobre o murmúrio do oceano, de planícies que se estendem até cidades adormecidas em bronze e pedra e de heróis que montam cavalos brancos caparazonados nos limites de densas florestas; e então sabemos ter olhado para trás, através dos portões de marfim, e visto o mundo incrível que nos pertencia antes de sermos sábios e infelizes.

E, de repente, Kuranes reencontrou o antigo mundo de sua infância. Tinha sonhado com a casa em que nasceu; a enorme casa de pedra recoberta de hera, onde treze gerações de seus antepassados haviam morado, e onde esperava morrer. A lua brilhava, e Kuranes havia saído para a fragrante noite de verão, cruzado os jardins, descido os terraços, passado os enormes carvalhos do parque e seguido a estrada branca até o vilarejo. O vilarejo parecia muito antigo, carcomido nas bordas como a lua que começava a minguar, e Kuranes imaginou se os telhados triangulares das casinhas esconderiam o sono ou a morte.

Nas ruas a grama crescia alta, e as janelas dos dois lados estavam ou quebradas ou espiando, curiosas.

Kuranes não se deteve, mas seguiu adiante como se atendesse a um chamado. Não ousou ignorá-lo por temer que fosse uma ilusão como os desejos e ambições da vida, que não conduzem a objetivo algum. Então seguiu até uma estradinha que deixava o vilarejo em direção aos penhascos do canal e chegou ao fim de todas as coisas — ao precipício e ao abismo onde todo o vilarejo e o mundo inteiro caíam de repente no nada silencioso da infinitude, e onde até mesmo o céu parecia escuro e vazio sem os raios da lua decrépita e das estrelas vigilantes. A fé o impeliu adiante, além do precipício e para dentro do golfo, por onde desceu, desceu, desceu; passou por sonhos obscuros, amorfos, jamais sonhados, esferas cintilantes que poderiam ser partes de sonhos sonhados, e coisas aladas e risonhas que pareciam zombar dos sonhadores de todos os mundos. Então um rasgo pareceu abrir a escuridão adiante, e Kuranes viu a cidade no vale, resplandecendo ao longe, lá embaixo, contra um fundo de céu e mar com uma montanha nevada junto à costa.

Kuranes acordou assim que divisou a cidade, mas o breve relance não deixava dúvidas de que era Celephaïs, no Vale de Ooth-Nargai, além das Montanhas Tanarianas, onde seu espírito havia passado a eternidade de uma hora numa tarde de verão em tempos longínquos, quando fugiu da governanta e deixou a quente brisa marítima embalar-lhe o sono enquanto observava as nuvens no rochedo próximo ao vilarejo. Ele protestou quando o encontraram, acordaram-no e levaram-no para casa, pois, no instante em que despertou estava prestes a zarpar em uma galera dourada,

H.P. Lovecraft

rumo às alentadoras regiões onde o mar encontra o céu. E no presente ele sentiu o mesmo ressentimento ao despertar, pois havia reencontrado a cidade fabulosa depois de quarenta anos.

Mas passadas três noites, Kuranes voltou mais uma vez a Celephaïs. Como da outra vez, sonhou primeiro com o vilarejo adormecido ou morto, e com o abismo que se desce flutuando em silêncio; então o rasgo abriu-se mais uma vez na escuridão e ele vislumbrou os minaretes reluzentes da cidade, e viu as galeras graciosas ancoradas no porto azul, e observou as árvores de ginkgo no Monte Homem balouçando ao sabor da brisa marítima. Mas desta vez ninguém o acordou e, como uma criatura alada, Kuranes aos poucos foi se aproximando de uma encosta verdejante até que seus pés estivessem firmes sobre a grama. De fato, ele havia retornado ao Vale de Ooth-Nargai e à esplendorosa cidade de Celephaïs.

Kuranes caminhou junto ao pé do morro, por entre a grama perfumada e as flores resplendentes, cruzou os gorgolejos do Naraxa pela ponte de madeira onde havia entalhado seu nome tantos anos atrás e atravessou o bosque sussurrante até a enorme ponte de pedra junto ao portão da cidade. Tudo era como nos velhos tempos: as muralhas de mármore seguiam imaculadas, e as estátuas de bronze em seu topo, lustrosas. E Kuranes viu que não precisava temer pelas coisas que conhecia; pois até mesmo as sentinelas nas muralhas eram as mesmas, e jovens como no dia em que as vira pela primeira vez. Quando entrou na cidade, além dos portões de bronze e das calçadas de ônix, os mercadores e os homens montados em camelos cumprimentaram-no como se jamais houvesse ido embora; o mesmo aconteceu no templo turquesa de Nath-Horthath, onde os sacerdotes ornados com coroas de orquídeas disseram-lhe que não existe tempo em Ooth-Nargai, apenas a juventude eterna. Então, Kuranes caminhou pela Rua dos Pilares em direção à muralha junto ao mar, onde ficavam os comerciantes e marinheiros, e os estranhos homens das regiões onde o mar encontra o céu. E lá ficou por muito tempo, contemplando o porto esplendoroso onde as águas refletiam um sol desconhecido, e onde vogavam suaves as galeras vindas de mares longínquos. Contemplou também o Monte Homem, que se erguia altaneiro sobre o litoral, com as encostas mais baixas repletas de árvores balouçantes e o cume branco a tocar o céu.

Mais do que nunca, Kuranes queria navegar em uma galera até as terras distantes sobre as quais tinha ouvido tantas histórias singulares e, assim, foi em busca do capitão que muito tempo atrás prometera levá-lo. Encontrou o homem, Athib, sentado no mesmo baú de especiarias onde estava da outra vez, e Athib parecia não perceber que o tempo havia passado. Os dois remaram juntos até uma galera no porto e, dando ordens aos remadores, seguiram pelas águas do Mar Cerenariano, que acaba no céu. Por vários dias o navio deslizou sobre as águas, até alcançar enfim o horizonte, onde o mar encontra o céu. A galera não parou por um instante e, sem a menor dificuldade, começou a flutuar pelo azul do céu em meio às felpudas nuvens rosadas. E, sob a quilha, Kuranes pôde ver países estranhos, rios e cidades de beleza ímpar banhados pelos raios de um sol que parecia jamais enfraquecer ou sumir. Passado algum tempo, Athib disse que a viagem estava chegando ao fim, e que eles logo desembarcariam no porto de Serannian, a cidade de mármore rosa nas nuvens, construída no litoral etéreo onde o vento oeste adentra o céu; mas quando as torres lavradas da cidade surgiram no horizonte ouviu-se um som em algum lugar no espaço, e Kuranes acordou no sótão onde morava em Londres.

Por muitos meses depois daquilo Kuranes procurou em vão a resplendente Celephaïs e as galeras celestes; e ainda que os sonhos o levassem a muitos lugares belos e inauditos, ninguém que encontrasse pelo caminho sabia dizer como encontrar Ooth-Nargai detrás das Montanhas Tanarianas. Certa noite, ele voou sobre montanhas sombrias onde havia fogueiras solitárias e esparsas, e manadas estranhas de pelo desgrenhado e com sinetas no pescoço, e na parte mais selvagem dessa terra montanhosa, tão remota que poucos homens poderiam tê-la descoberto, encontrou uma terrível muralha ou barragem de pedra antiga que ziguezagueava por entre escarpas e vales; gigante demais para ter sido construída por homens, e de uma extensão tal que não se lhe via nem o começo nem o fim. Além da muralha, no entardecer sombrio, Kuranes chegou a um país de singulares jardins e cerejeiras e, quando o sol nasceu, vislumbrou uma beleza tão intensa de flores brancas e vermelhas, folhagens e gramados, estradas brancas, riachos cristalinos, lagoas azuis, pontes lavradas e pagodes de telhado vermelho que, por um instante, esqueceu de Celephaïs, tamanho seu deleite. Mas voltou a lembrar-se da cidade ao caminhar por uma estrada branca em direção a um templo de telhado vermelho, e teria perguntado o caminho aos habitantes daquela terra se não tivesse descoberto que no local não havia homens, apenas pássaros e abelhas e borboletas. Em outra noite, Kuranes subiu uma interminável escadaria de pedra em espiral e chegou à janela de uma torre que dava para uma imponente planície e para um rio iluminado pelos raios da lua cheia; e na cidade silenciosa que se espraiava a partir da margem do rio pensou ter visto algum detalhe ou alguma configuração familiar. Teria descido e perguntado o caminho a Ooth-Nargai se não fosse pela temível aurora que assomou em algum lugar remoto além do horizonte, revelando a ruína e a antiguidade do lugar, a estagnação do rio juncoso e a morte que pairava sobre aquela terra desde que o Rei Kynaratholis voltou das batalhas e defrontou-se com a vingança dos deuses.

Então Kuranes procurou em vão pela maravilhosa cidade de Celephaïs e pelas galeras que singram o firmamento até Serannian, vendo pelo caminho inúmeros prodígios e certa vez escapando por um triz de um alto sacerdote indescritível, que usa uma máscara de seda amarela sobre o rosto e vive isolado em um monastério pré-histórico no inóspito platô gelado de Leng. No fim, ele estava tão impaciente com os áridos intervalos entre uma noite e outra que decidiu comprar drogas para dormir mais. O haxixe ajudava um bocado, e uma vez mandou-o a uma zona do espaço onde não existem formas, mas gases cintilantes estudam os mistérios da existência. E um gás violeta explicou que aquela zona do espaço estava além do que Kuranes chamava de infinitude. O gás nunca tinha ouvido falar em planetas e organismos, mas identificou Kuranes como originário da infinitude onde a matéria, a energia e a gravidade existem.

Kuranes estava muito ansioso para rever os minaretes de Celephaïs e, para tanto, aumentou a dosagem; mas logo o dinheiro acabou e ele ficou sem drogas. Em um dia de verão, expulsaram-no do sótão e ele ficou perambulando sem destino pelas ruas, até atravessar uma ponte e chegar a um lugar onde as casas pareciam cada vez mais diáfanas. E foi lá que veio a realização e Kuranes encontrou o cortejo de cavaleiros de Celephaïs que o levaria de volta à cidade esplendorosa para sempre.

Os cavaleiros pareciam mui garbosos, montados em cavalos ruanos e vestidos com armaduras lustrosas e tabardos com brasões em filigrana. Eram tão numerosos que Kuranes quase os tomou por um exército, mas na verdade vinham em sua honra, uma vez que ele havia criado Ooth-Nargai em seus sonhos e, por isso, seria coroado como o deus mais alto do panteão para todo o sempre. Então deram um cavalo a Kuranes e puseram-no à frente do cortejo, e todos juntos cavalgaram majestosamente pelas montanhas de Surrey e avante, rumo às regiões onde Kuranes e seus antepassados haviam nascido. Era um tanto estranho, mas à medida que avançavam os cavaleiros pareciam voltar no tempo a cada galope; pois quando passavam pelos vilarejos no crepúsculo viam apenas casas e aldeões como os que Chaucer ou os homens que viveram antes dele poderiam ter visto, e às vezes viam outros cavaleiros montados com um pequeno grupo de escudeiros. Quando a noite caiu, aumentaram a marcha, e logo estavam num voo espantoso, como se os cavalos galgassem o ar. Com os primeiros raios da aurora chegaram ao vilarejo que Kuranes tinha visto cheio de vida na infância, e adormecido ou morto nos sonhos. O lugar estava mais uma vez cheio de vida, e os aldeões madrugadores faziam mesuras enquanto os cavalos estrondeavam rua abaixo e dobravam a ruela que conduz ao abismo dos sonhos. Kuranes só havia adentrado o abismo à noite e assim pôs-se a imaginar que aspecto teria durante o dia; então ficou olhando, ansioso, enquanto o cortejo aproximava-se da beirada.

Assim que chegaram no aclive antes do precipício um fulgor dourado veio de algum lugar no Oeste e envolveu todo o panorama ao redor em mantos refulgentes. O abismo era um caos fervilhante de esplendor róseo e cerúleo, e vozes invisíveis cantavam exultantes enquanto o séquito de cavaleiros precipitava-se além da beirada e descia flutuando, cheio de graça, por entre nuvens cintilantes e lampejos argênteos. A suave descida durou uma eternidade, com os cavalos galgando o éter como se a galopar em areias douradas; e então os vapores luminosos abriram-se para revelar um brilho ainda mais intenso, o brilho da cidade de Celephaïs, e mais além a costa, e o pico nevado sobranceando o mar, e as galeras de cores alegres que saem do porto rumo às regiões longínquas onde o mar encontra o céu.

E, desde então, Kuranes reina sobre Ooth-Nargai e todas as regiões vizinhas ao sonho e preside sua corte ora em Celephaïs, ora em Serannian, a cidade das nuvens. Ele ainda reina por lá, e há de reinar feliz por todo o sempre, ainda que sob os penhascos de Innsmouth as marés do canal tratassem com escárnio o corpo de um mendigo que atravessou o vilarejo semideserto ao amanhecer; menosprezassem e atirassem o corpo contra as rochas ao lado das Trevor Towers cobertas de hera, onde um cervejeiro milionário, gordo e repulsivo desfruta a atmosfera comprada de uma nobreza extinta.

Dagon

Escrevo sob uma considerável tensão mental, já que esta noite posso não mais existir. Paupérrimo e no final da provisão da droga que serve como único alento em minha vida, não posso mais suportar a tortura e irei lançar-me por essa janela de sótão para a rua esquálida lá embaixo. Não pense você que por minha escravidão à morfina sou um fraco ou um degenerado. Depois de ler estas páginas rabiscadas às pressas, você será capaz de estimar – sem jamais compreender totalmente – por que é que preciso *tanto* do esquecimento ou da morte.

    Foi em uma das partes mais abertas e menos frequentadas do Pacífico que o paquete no qual eu era conferente de carga fez-se vítima do navio de guerra alemão. A grande guerra estava, então, bem no início, e as forças marítimas dos bárbaros ainda não tinham sucumbido à degradação final; de modo que nossa embarcação foi tomada como prêmio legítimo, embora tenhamos sido tratados pela tripulação com toda a justiça e consideração que nos cabia como prisioneiros de guerra. Tão liberal, na verdade, era a disciplina de nossos capturadores, que cinco dias depois de sermos apanhados consegui escapar sozinho em um pequeno barco, com água e provisões para um bom período de tempo.

Quando finalmente me vi à deriva e livre, tinha pouquíssima ideia do local em que estava. Como nunca fora um navegador competente, eu podia apenas imaginar vagamente, pelo sol e pelas estrelas, que estava em algum lugar ao sul do Equador. Não tinha a menor ideia da longitude, e não havia nenhuma ilha ou litoral à vista. O clima permanecia ameno, e por incontáveis dias flutuei sem rumo debaixo do sol escaldante, esperando ser resgatado por um navio ou ser lançado na costa de alguma terra habitada. Mas nenhum navio ou terra apareciam, e comecei a entrar em desespero em minha solidão sobre a vastidão ondulante do azul interminável.

A mudança aconteceu enquanto eu dormia. Os detalhes, eu nunca saberei; porque meu sono, embora agitado e infestado de sonhos, era contínuo. Quando por fim acordei, descobri ter sido parcialmente tragado pela vastidão lamacenta de um atoleiro negro e infernal. O lodo se estendia ao meu redor em ondulações monótonas até onde minha vista podia alcançar, e nele, a alguma distância, estava encalhado meu barco.

Embora alguém possa muito bem imaginar que minha primeira sensação seria de espanto com uma transformação tão prodigiosa e inesperada de cenário, eu na verdade estava mais horrorizado do que espantado, pois havia no ar e no solo putrefato algo de sinistro que me arrepiava até o fundo de meu ser. A região fedia com as carcaças de peixes em decomposição e outras coisas menos descritíveis que eu via saltar da lama nojenta da interminável planície. Talvez eu não devesse nutrir esperança de expressar em meras palavras o indizível horror que pode existir em um silêncio absoluto e em uma imensidão estéril. Não havia nada ao alcance do ouvido e nada a ser visto, a não ser uma imensa extensão de lodo negro; mesmo assim, o caráter absoluto da imobilidade e a homogeneidade da paisagem me oprimiam com um medo repugnante.

O sol era escaldante em um céu sem nuvens que me parecia quase negro em sua crueldade, como que refletindo o pântano escuro que havia embaixo de meus pés. Enquanto me arrastava para dentro do barco encalhado, pensava que apenas uma teoria poderia explicar minha situação. Por algum tipo de erupção vulcânica sem precedentes, uma parte do leito do oceano devia ter sido lançada para a superfície, expondo regiões que durante incontáveis milhões de anos permaneceram escondidas debaixo de profundezas aquáticas insondáveis. Tão grande era a extensão da nova terra que surgia embaixo de mim que eu não conseguia detectar o mais tênue ruído do oceano ondulante, por mais que forçasse os ouvidos. Também não havia qualquer ave marinha para rapinar os animais mortos.

Por várias horas, fiquei pensando e ruminando sentado no barco que, tombado de lado, proporcionava-me um pouco de sombra à medida que o sol se movia pelo céu. Com o avanço do dia, o chão foi ficando menos pegajoso e parecia provável que ficasse seco o bastante para que se pudesse andar sobre ele dentro de pouco tempo. Naquela noite dormi muito pouco, e no dia seguinte preparei um farnel com água e comida para uma jornada por terra em busca do mar desaparecido e de um possível resgate.

H.P. Lovecraft

Na terceira manhã, vi que o solo estava seco o bastante para que pudesse caminhar sobre ele sem qualquer dificuldade. O cheiro de peixe era enlouquecedor; mas eu estava preocupado demais com coisas mais sérias para me importar com desgraça tão pequena, e parti com coragem para um destino incerto. Caminhei decidido para o oeste durante todo o dia, guiado por uma colina distante que era mais alta que qualquer outra elevação no deserto ondulado. Acampei naquela noite, e, no dia seguinte, continuei minha jornada em direção à colina, embora ela não parecesse estar mais perto do que quando a tinha avistado pela primeira vez. Na quarta noite cheguei ao sopé da colina, que se mostrou muito mais alta do que parecia à distância. Um vale interposto encarregava-se de separar seu relevo escarpado da superfície em geral. Exausto demais para subir, dormi à sombra da colina.

Não sei por que meus sonhos foram tão agitados naquela noite, mas antes que a lua no quarto minguante se erguesse alta no lado leste da planície, acordei suando frio e decidido a não dormir mais. Não conseguiria suportar outra vez visões como aquelas que experimentei nos sonhos. E sob o brilho do luar, vi quanto fui insensato em viajar durante o dia. Sem o calor intenso do sol escaldante, minha jornada teria custado a mim menos energia. De fato, eu agora me sentia capaz de levar a cabo a escalada que me havia desencorajado no crepúsculo. Peguei o farnel e parti para o cume da elevação.

Disse que a monotonia ininterrupta da planície ondulada era uma fonte de um horror indefinido para mim; mas creio que meu horror foi maior quando alcancei o cume do monte e olhei para baixo, do outro lado, para um imenso vale ou cânion cujos recessos negros a lua ainda não se havia erguido o suficiente para iluminar. Senti-me na beirada do mundo; olhando, por sobre a borda, para um caos impenetrável de escuridão eterna.

Em meio a meu terror perpassaram curiosas reminiscências do *Paraíso Perdido* de Milton e da tenebrosa ascensão de Satã pelos amorfos reinos das trevas.

À medida que a lua se erguia no céu, comecei a notar que as encostas do vale não eram tão perpendiculares quanto eu imaginara. As saliências e protuberâncias das rochas forneciam bons apoios para uma descida, e além do mais, uns trinta metros abaixo, o declive tornava-se bastante ameno. Impelido por um impulso que não consigo analisar com clareza, desci com dificuldade pelas rochas até chegar à parte menos íngreme, e então olhei para as profundezas infernais onde nenhuma luz havia penetrado ainda.

De repente, minha atenção foi atraída por um objeto enorme e singular na encosta do outro lado, erguendo-se íngreme a cerca de cem metros à minha frente; o objeto reluzia com um brilho esbranquiçado sob os novos raios que a lua que se elevava concedia. De início imaginei que fosse apenas uma rocha gigantesca; mas de alguma forma tive a clara impressão de que o contorno e a posição do objeto não eram simplesmente uma obra da natureza. Um exame mais atento encheu-me de sensações que não consigo expressar, pois apesar do tamanho e da posição em um abismo que se abrira no fundo do mar desde a juventude do mundo, percebi sem nenhuma dúvida que o estranho objeto era um monólito bem moldado cujo volume maciço havia sido trabalhado e, talvez, adorado por criaturas vivas e pensantes.

Atordoado e assustado, mas com a empolgação dos cientistas ou dos arqueólogos, examinei os arredores com mais atenção. A lua, agora perto do zênite, brilhava de forma estranha e forte sobre os penhascos altaneiros que cercavam o abismo, revelando o fato de que um extenso curso-d'água corria lá no fundo, serpenteando até se perder de vista em ambas as direções, e quase tocava meus pés enquanto eu permanecia de pé na encosta. Do outro lado do precipício, as ondulações da água lavavam a base do monólito colossal em cuja superfície eu agora podia identificar inscrições e esculturas inacabadas. A escrita fora feita em um sistema de hieróglifos que eu não conhecia e era diferente de tudo que eu já vira em livros; na maior parte, consistia de símbolos aquáticos convencionados, como peixes, enguias, polvos, crustáceos, moluscos, baleias e coisas do gênero. Diversos símbolos representavam coisas marinhas desconhecidas do mundo moderno, mas cujas formas em decomposição eu havia observado na planície surgida do oceano.

Foram os entalhes pictóricos, no entanto, o que mais me deixou fascinado. Bem visível sobre a água interposta graças ao tamanho gigantesco, havia uma coleção de baixos-relevos cuja temática teria provocado a inveja de Doré*. Imagino que aquelas coisas tinham o objetivo de representar pessoas — ou, pelo menos, um certo tipo de pessoas, embora as criaturas fossem mostradas divertindo-se como peixes nas águas de alguma gruta marinha ou homenageando algum santuário monolítico que também parecia estar sob as ondas. De seus rostos e formas não ouso falar com detalhes, pois a simples lembrança me deixa aturdido. As criaturas, de um grotesco além da imaginação de um Poe ou de um Bulwer, eram infernalmente humanas nos contornos em geral, apesar das mãos e pés com membranas natatórias, dos lábios chocantemente largos e flácidos, dos olhos vidrados e salientes, e outras características ainda menos agradáveis de recordar. Curiosamente, as figuras pareciam ter sido entalhadas em desproporção com relação ao cenário de fundo, pois uma das criaturas aparecia matando uma baleia que estava representada com um tamanho só um pouco maior que o dela. Como já disse, notei bem a monstruosidade e o estranho tamanho, mas no mesmo instante decidi que eram apenas os deuses imaginários de alguma tribo primitiva de pescadores ou de navegantes; alguma tribo cujo último descendente tinha perecido muitas eras antes do primeiro ancestral do Homem de Piltdown ou do Homem de Neandertal ter nascido. Impressionado diante daquele inesperado vislumbre de um passado além do que o mais ousado antropólogo

---

* Gustav Doré foi um dos mais populares e bem-sucedidos ilustradores de sua época. Ilustrou o *Paraíso Perdido,* de Milton, e idealizou várias das criaturas de Lovecraft.

H.P. Lovecraft

poderia conceber, fiquei ali contemplando em silêncio enquanto a lua lançava reflexos estranhos no canal silencioso diante de mim.

Então, subitamente, eu vi. Com uma leve agitação para indicar sua subida à superfície, a coisa deslizou para fora das águas escuras. Enorme e repulsiva como um Polifemo*, disparou como um monstro assombroso surgido de um pesadelo em direção ao monólito, ao redor do qual atirou os gigantescos braços escamosos enquanto inclinava a cabeça medonha e dava vazão a alguns sons cadenciados. Acho que foi então que enlouqueci.

Pouco recordo-me de minha subida frenética da encosta e do penhasco, de minha delirante viagem de volta ao barco encalhado. Creio que cantei bastante e que gargalhei de uma forma muito peculiar quando não conseguia mais cantar. Tenho vagas recordações de uma grande tempestade algum tempo depois de ter chegado ao barco. De qualquer forma, sei que ouvi o ribombar de trovões e outros sons que a natureza exterioriza somente em seus humores mais terríveis.

Quando saí da escuridão, estava em um hospital de São Francisco, para onde tinha sido levado pelo capitão de um navio americano que recolhera meu barco no meio do oceano. Em meu delírio falei muito, mas descobri que não deram muita atenção às minhas palavras. Meus salvadores não sabiam nada a respeito de alguma terra que houvesse aflorado no Pacífico, e nem

------

* Polifemo é o filho gigante de Poseidon e Thoosa na mitologia grega e um dos ciclopes descritos na *Odisseia* de Homero.

Dagon

eu julguei necessário insistir em algo em que sabia que eles não poderiam acreditar. Certa vez procurei um famoso etnólogo e o diverti com perguntas estranhas acerca da antiga lenda filistina de Dagon, o Deus-Peixe*; mas percebendo logo que ele era extremamente tradicionalista, não insisti nas perguntas.

É durante a noite, especialmente quando a lua está no quarto crescente, que eu vejo a coisa. Tentei a morfina, mas a droga deu-me apenas um alívio temporário e arrastou-me para suas garras como um escravo sem esperança. Por isso vou acabar com tudo isso, deixando escrito um relato completo para a informação ou a diversão e o deboche de meus semelhantes. Muitas vezes me pergunto se tudo isso não poderia ter sido pura ilusão — um simples surto febril enquanto eu jazia, castigado pelo sol e delirando, naquele barco descoberto depois de minha fuga do navio de guerra alemão. Isso eu me pergunto, mas sempre me vem uma visão terrivelmente real em resposta. Não consigo pensar no mar profundo sem estremecer com as coisas inomináveis que podem, neste exato momento, estar arrastando-se e debatendo-se em seu leito lamacento, adorando seus antigos ídolos de pedra e entalhando a própria e detestável semelhança nos obeliscos submarinos de granito encharcado. Sonho com o dia em que elas poderão elevar-se acima dos vagalhões para arrastar para o fundo, com suas garras fétidas, os

---

* Dagon era um deus venerado pelos filisteus. Seu nome pode provir de *dag*, que significa peixe. Assim, ele é representado como um ser que é metade peixe e metade homem.

H.P. Lovecraft

remanescentes dessa humanidade decrépita, devastada pela guerra — o dia em que a terra há de afundar, e o escuro leito do oceano erguer-se em meio a um pandemônio universal.

O fim está próximo. Ouço um ruído à porta, como se um imenso corpo escorregadio fosse movido contra ela. Ela vai me encontrar. Meu Deus, aquela mão! A janela! A janela!

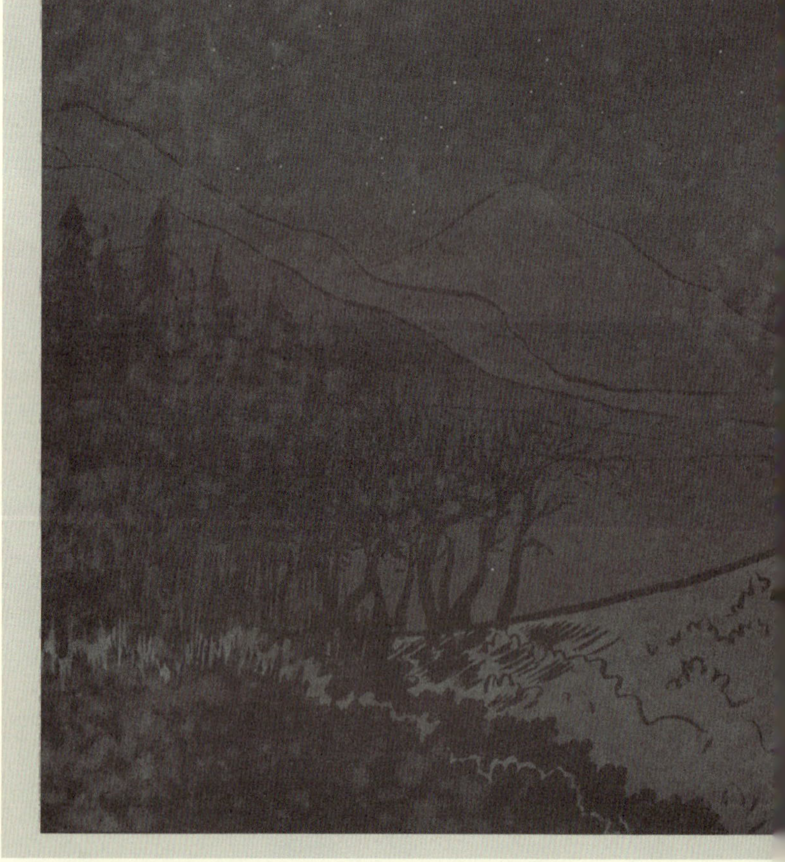

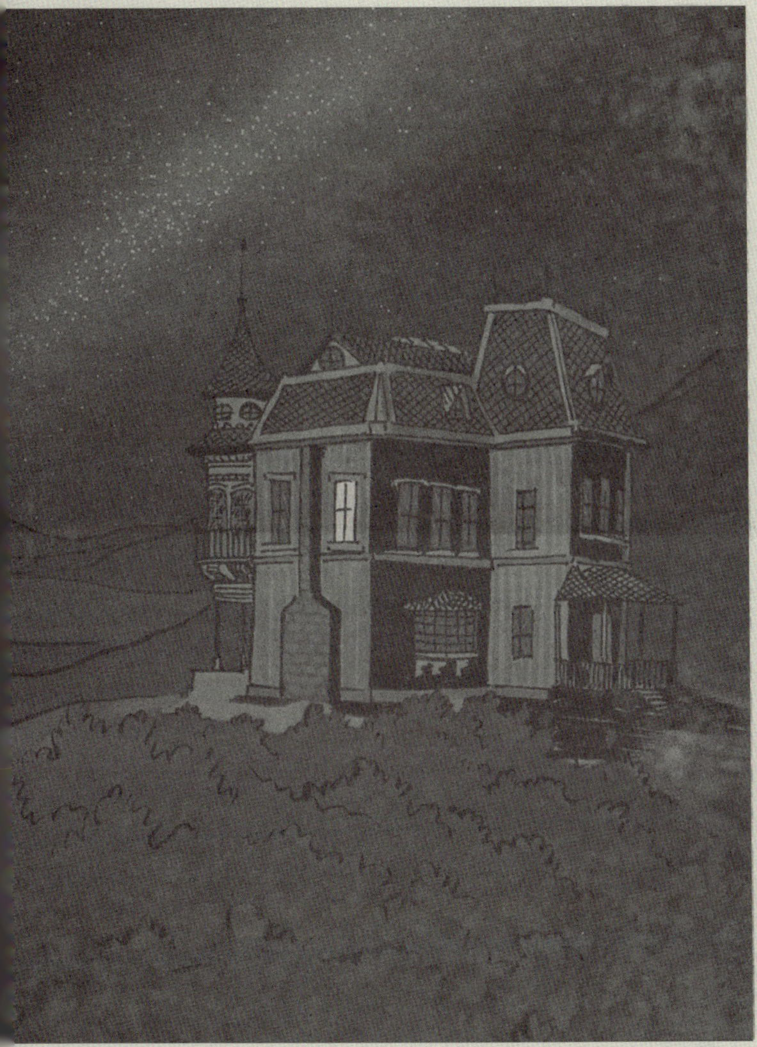

fontes
greta pro display
nue gothic round

@novoseculoeditora
nas redes sociais

gruponovoseculo.com.br